CARLOS FUENTES
Cervantes o la crítica de la lectura

塞万提斯或阅读的批评

[墨西哥]卡洛斯·富恩特斯 | 著　张蕊 | 译

作家出版社

（京权）图字：01-2023-4738

图书在版编目（CIP）数据

塞万提斯或阅读的批评／（墨西哥）卡洛斯·富恩特斯（Carlos Fuentes）著；张蕊译．－－北京：作家出版社，2023.12
ISBN 978－7－5212－2539－6

Ⅰ．①塞… Ⅱ．①卡… ②张… Ⅲ．①拉丁美洲文学－文学研究 Ⅳ．①I730.6-53

中国国家版本馆 CIP 数据核字（2023）第 187195 号

CERVANTES O LA CRITICA DE LA LECTURA by Carlos Fuentes
Copyright © 1976 by Carlos Fuentes
This edition arranged with BRANDT & HOCHMAN LITERARY AGENTS,INC.
through BIG APPLE AGENCY,INC.,LABUAN,MALAYSIA.
Simplified Chinese Edition Copyright:
2023 THE WRITERS PUBLISHING HOUSE CO., LTD.
All rights reserved.

塞万提斯或阅读的批评

作　　者：（墨西哥）卡洛斯·富恩特斯
译　　者：张　蕊
责任编辑：赵　超
封面设计：吴元瑛
出版发行：作家出版社有限公司
社　　址：北京农展馆南里 10 号　　邮　编：100125
电话传真：86－10－65067186（发行中心及邮购部）
　　　　　86－10－65004079（总编室）
E－mail：zuojia@zuojia.net.cn
http：//www.zuojiachubanshe.com
印　　刷：北京新华印刷有限公司
成品尺寸：130×185
字　　数：65 千
印　　张：4.375
版　　次：2023 年 12 月第 1 版
印　　次：2023 年 12 月第 1 次印刷
ISBN　978－7－5212－2539－6
定　　价：45.00 元

作家版图书，版权所有，侵权必究。
作家版图书，印装错误可随时退换。

献给我的孩子们，
卡洛斯·拉斐尔和娜塔莎

形成整体和形成统一体的过程、矛盾的统一体及其生成，都隶属于辩证的整体①。唯有通过当事方之间的相互作用才能构成整体。

卡莱尔·科西克《具体的辩证法》

---

① 科西克：《具体的辩证法》，傅小平译，社会科学文献出版社1989年版，第29页。——译注（本书注释均为译者注）

前　言

　　我们与西班牙的关系恰如我们与自身的关系一般：充满冲突。西班牙与自身的关系亦与此相应：尚未厘清、带着伪装，通常还是摩尼教式的，犹如伊比利亚地界上的阳光与阴影。有多少爱就有多少恨，诉尽一切只需一词：激情。

　　在墨西哥与西班牙关系的源头存在一种精神创伤：征服的事实。多么可怕的认识：在我们被孕育的瞬间，伴随着所有温柔和与其对立的残忍；多么沉重的意识：我们被创造，成为无名母亲的孩子，也成为无名的却知晓令人生怖的父亲之名的孩子；多么壮丽的痛楚：生来就得知有多少古印第安文明的辉煌须死去方能给予我们存在。西班牙，残忍的父亲：科尔特斯（Cortés）；西班牙，慷慨的父亲：拉斯·卡萨斯

（Las Casas）。

我们耗时三个世纪，在杂糅的独立中，获得名字、血统，并恢复我们母亲的名誉。为了重会西班牙，墨西哥应首先找到自己，通过起先为追求政治独立随即为争取经济自主的斗争，通过对持续不断的领土入侵和掠夺的反抗，通过对我们民族的、混血的、传承自土著文明和西班牙文明的身份的寻找：胡阿雷斯（Juárez）的改革、萨帕塔（Zapata）的革命和卡德纳斯（Cárdenas）的民族国家。墨西哥，一旦重新找回自己，终将重识其西班牙的遗产，并以将父亲从不解和仇恨中救赎出来的激情捍卫它。

今天，西班牙的历史再次临近一个批判的、易燃的时刻，在其中，所有潜存之物、无处不在的过往、那些悬而未决的问题和坚固的幻影再次于混乱中、在斗牛场狭窄的入口处出示其门票。

共和与民主的经验——因法西斯的打击和外国势力的干预突兀地失败——在政治组织中寻求恢复一种选择性。三十五年的压制曾将其引入无政府主义和个人主义未成气候的歧途：*我的饥饿，我做主*。独裁的塞子挑动对虚无主义的热情，与此同时，无盖之锅会滋生出被新的国外势力干预的危险。美国在越南和柬埔寨的"双敦刻尔克"让其众多的战略家构思出一种新的周边政策，就是所谓的"受保卫的周边"。更有甚之且让人无法容忍的是被我们的私人企业家所称作的"财产天然持有权"，在华盛顿的对外政策中，它被构想成一种对处在其势力范围中所有国家的天然持有权。谈及1949年的中国和1975年的印度支那，就是在谈天然应该隶属美国的国家们的"遗失"。

操纵美国公众舆论并非难事，只要挖掘一两次军事打击带来的异常情感，便可以此获得一种民族许可，助力保卫某个"受保卫的周边"。此外，这也是今天缓和政策、共管领土以及拓展势力范围的必然结果。这一形势最不同凡响的悖论在于孤立主义的退潮能与美国为证明自己既非纸老虎亦非拥有黏土双足的巨人而借助武力干预的决心完美地共存。最近马亚圭斯号事件似乎对此做了验证。

温斯顿·丘吉尔，碑文式名句的制造者，某一天把地中海北部的海岸称为"欧洲柔软的下腹"。换言之，打击欧洲地中海国家是不入流的、轻易的、令人痛苦的，是有悖昆斯伯里侯爵（Marqués de Queensberry）规则的出击。受保卫的周边、欧洲柔软的腹部，多米诺理论：葡萄牙、西班牙、意大利、南斯拉夫、希腊、土耳其……新梅特涅地缘政治与这些视点会一拍即合，只有西班牙所有民主力量的有机聚合才能够保证它们的结合不会结出果实，因为不论是假借虚无的无政府主义，还是假借需要一种没有佛朗哥的佛朗哥主义都会削弱民主力量。

无论如何，在西班牙——我们另一半的生活和遗产——发生的任何事情对我们墨西哥人而言，都绝非无关痛痒。我们来自西班牙的创伤很大程度上已被抚平，这要归功于一些政治事件：拉萨罗·卡德纳斯（Lázaro Cárdenas）与共和国的团结、对移民的慷慨迎接、我们对西班牙共和党人为墨西哥贡献的丰富的作品与思想心存感激，以及最近路易斯·埃切维里亚（Luis Echeverría）评价我们的西班牙遗产时表现出的透彻和坚持。

这一政治传统与深入到我们与西班牙的关系实质中的智识工作密不可分。我们一直都过于轻易地无视这一沉默之镜——我们的殖民地历史。幸而，阿方索·雷耶斯（Alfonso Reyes）、卡洛斯·冈萨雷斯·培尼亚（Carlos González Peña）、艾德蒙多·奥戈尔曼（Edmundo O'Gorman）、西尔维奥·萨瓦拉（Silvio Zavala）、加夫列尔·门德斯·普兰卡特（Gabriel Méndez Plancarte）等人的伟大作品对其保持了一种鲜活的关注，而今，这一关系必将以独特的明澈和激情展现于奥克塔维奥·帕斯为我们另一种觉悟下的三个世纪而作的那些随笔中。

我这本《塞万提斯或阅读的批评》汇集、修订并统编了我之前作为国家学院成员为开幕式讲座准备的演讲稿、在华盛顿特区的伍德罗·威尔逊国际学者中心举办的座谈中用过的文章、在得克萨斯大学奥斯汀分校举办的哈克特纪念讲座上用过的文稿，以及在《墨西哥的太阳》专栏发表的标题为《西班牙时间》的系列文章。尽管本书的主题是塞万提斯及其作品，但我并不因此就放弃对特定时期西班牙生活不同方面的体察。作为对西班牙历史界限中的时刻备忘录，这一特定时期，从历史层面看，起于1499年，止于1598年；而从文学层面论之的话，则书写于拾起过往、弥散当下、宣告未来的两个日期——出版《塞莱斯蒂娜》的1499年和诞生《堂吉诃德》的1605年——之间。

卡洛斯·富恩特斯

I

某次，我在西班牙听到一种观点，依此观点，塞万提斯和哥伦布是精神上的孪生兄弟。因为二者到死也未清楚地意识到其发现所具有的重要性。哥伦布以为他向西航行已到达了远东；而塞万提斯则认为自己仅是写了一本讽刺骑士小说的书。他们无一人想象到自己停靠在空间的新大陆——美洲——之上、虚构的新大陆——现代小说——之中。

一个天真的塞万提斯，这一极端的观点也映射出另一种同样偏激的看法：《堂吉诃德》的作者是一个十足虚伪之人，他知道如何将反对教会与既定秩序的不懈攻击伪装在他笔下那奇思异想的乡绅的疯癫斗篷之下，同时又不断对罗马天主教及其制度公开表忠。

天真或是伪装？塞万提斯的意图是否从未超越嘲讽骑士小说那逼仄的界限？或者《堂吉诃德》是使用伊索的语言写就的一部小说？没有一部伟大的小说是基于完美计算的方程式写就的。小说家的预先设定会随着作品获得自主权并展开自身的飞翔而被慢慢擦除。塞万提斯、司汤达或者陀思妥耶夫斯基均是此类确证。《堂吉诃德》中开放的嘲讽意图更像是自然流淌的嘲弄，仅仅是作者快速建起的多镜面游戏中的一面。这一切就发生在堂吉诃德第一次出行后，当塞万提斯将书的始作俑者置于可疑中之时。无法想象的是塞万提斯在写完小说的前几章之后，竟发现小说的实质居然是对阅读的批评，对骑士史诗的嘲弄并不包含（抑或排除）在这本书的最大的意图中，但是，允许其作为天真的开篇以引导小说的发展。

塞万提斯，毋庸置疑，属于他的时代。他是贪婪的读者，自学成才，在其生命的最后阶段，当他对那个时代的现实有着完美通透的觉悟之时，写下自己的代表作。他是落魄医生的儿子，幼年起就在自己的祖国西班牙迁徙，是西班牙伊拉斯谟主义者胡安·洛佩斯·德·奥约斯（Juan López de Hoyos）确证的弟子，是萨拉曼卡课堂不能确证的学生；是用悼亡诗引起费利佩二世宫廷注意的年轻作家，并从那里作为卡德纳尔·阿夸比瓦（Cardenal Acquaviva）随从人员出行罗马，这位卡德纳尔的侍从随后变身为勒班陀荣耀时刻的一名士兵，在与土耳其人的一场决定性战役中残废了一只手。他曾是在阿尔及利亚被摩尔人拘禁五年的囚徒，曾担任无敌舰队的军需官，因对安达卢西亚神职人员要求过高，被逐出教会；他也曾是能力欠佳的收税员，由于算术不好而锒铛入狱两次；他更是一部构思于牢房之中的小说那贫穷、落寞和年老的作者，仅靠那微薄的补贴，他几乎无力偿还累积的债务。但我要说，不容置疑，这个人对十六世纪末和十七世纪初欧洲的历史文化背景，尤其是对作为反宗教改革力量的西班牙的诸多现实有着清醒的意识。

塞万提斯：嘲弄多于天真；清醒胜于虚伪。但是，远胜于这样的定位（或许以上所有的定位都包含其中），他是《堂吉诃德》的作者：欧洲现代小说的开创者。不仅仅是传记和历史，《堂吉诃德》这部作品本身就是一种美学事实，它深刻地改变了与塞万提斯之前的文化、与他所处时代的文化，当然，也与其身后的文化相关联的阅读和写作传统。

这本文集的目的是反思《堂吉诃德》一书中主观地和客观地、有意识地和无意识地、天真地和嘲讽地、虚伪地和批判地提出的诸多直接和迂回的因素，以便最终为我们提供一个崭新的阅读世界的方式：从这本书的文本页面投射到外部世界的阅读之批评。但最重要的是，在小说中，第一次，对叙事创作的批评包裹在了作品自身之中：文学创作中的创作批评。

II

奥克塔维奥·帕斯在《弓与琴》中将小说定义为"一个与自身斗争的社会之史诗"。如果从源头追溯,"小说"一词所意味着的是"新颖性的载体",那么,其中也不乏这一奇特性:小说是一部充满对立和批判的史诗。正如帕斯所指,在经典史诗中,超自然世界和人类世界两者能相互斗争,但这场斗争并不意味任何歧见。"无论是阿喀琉斯还是熙德都不会怀疑其世界的观念、信仰和制度……史诗英雄从来都不是反叛者,其英雄行为通常致力于恢复祖先的秩序,因为后者被神话的过错破坏。"

在可信的史诗中,至少汇集三大特征:史诗的写作和阅读是预先的、单义的、明指的。三者可简化为一种含义:史诗与其所依存的现实秩序之间具有统一性。此外，这种统一性是对现实秩序——希腊城邦、罗马帝国或中世纪城市——的认同。史诗的形式和规则完全重合：在《伊利亚特》《埃涅阿斯纪》以及《罗兰之歌》中，能指与所指之间未留任何可插足之地。

奥尔特加·伊·加塞特（Ortega y Gasset）曾言及，史诗的主题一成不变地先在：荷马相信事情发生了，就如其六韵步诗告诉我们的一般，听众对此也深信不疑。更甚者：荷马并不打算讲述任何新鲜事。他告知公众的，后者早已知晓，对此，荷马也已了然于胸。

以此，史诗将根本的突破、未知的起点、独创的期望、重写或是阅读的多样性排除于自身。史诗是一个不可上诉的法庭。

无一物能从佩内洛普身上将她忠贞的特性剥离，并将其变成乔伊斯激进的反史诗写作中放浪形骸的摩莉·布鲁姆。正如奥德修斯不能永远留在喀耳刻的怀抱中，被疯狂的爱（amour fou）挟持：有人等着他，他必须返回伊萨卡，一夫一妻制和父权制必须复原。那些能在史诗规则中冒头的分歧始终是明指——指定、指示、宣告——的分歧；它们是史诗规则中可见的迹象，表征并构成史诗规则传递的信息，一旦规则被违反，它们则予以恢复。特洛伊沦陷了，如同矮胖子（Humpty Dumpty），什么都无法将其立起。但是埃涅阿斯可以建立另一个城市，并确保文明的秩序和延续。

然而，在古典史诗与中世纪史诗之间存在一种差异，这一分歧恰恰基于例外于规则的特征。在古典史诗中，其规则的分歧被称为悲剧。悲剧是犯下过错的自由。悲剧过错，如帕斯所言，一旦涤清，就会重建被神话过错破坏的祖辈秩序。俄狄浦斯打破了对乱伦的禁制，美狄亚无视杀婴罪。但是他们的悲剧命运（以及我们看到他们被呈现的命运时做出的"净化"反应）恢复并加固了那些规则。如果黑格尔关于"命运是自我的意识，但却是一个敌对自我的意识"的断言正确的话，那么悲剧就是共存于每个个体中天使和野兽复苏的记忆，也是人类选择惩恶扬善（这一选择被投射到社会领域）的记忆。在希腊和罗马，规范美德是一个创始性的行为：无罪之身处于源头，处于一个规范性的契约中，缔结于初民的、永恒的因而也是神话的曙光中——神话好比永恒的当下，可永久地更新，可被外化地表现。悲剧英雄弥补了自己的*神话过错*，重建了始创的规则；他也通过我们，悲剧的观众，涤清了他的社会，并通过戏剧的手段复又融入其中。

相反，在中世纪史诗中，没有悲剧的容身之处。犯下过错的自由被称为异端,而异端的错误则不能被指向终点的秩序所接受:因为无罪之身处于一种彼岸的未来,即时间的终结处,当死亡号角响起时,正义之士将永远获得救赎,而无义之徒永远受到审判。基督教的起源被铭刻在历史中:与旧约的决裂和作为新约基础的救赎发生在日历的特定日期。耶稣出生于奥古斯都·恺撒帝国时期,在提比略·恺撒统治期被钉死在十字架上。基督王国不坐落在遗失的天堂的悲剧过往中,而是落脚在赢得的天堂的乐观未来中。

悲剧,古典世界中"犯下过错的自由"的名字,是史诗规则的例外,在《俄狄浦斯王》或是《美狄亚》中寻得其诗性的表达。中世纪的世界无法提供与之相比之物:因为迥异于《罗兰之歌》或《熙德之歌》所确立规则的例外不会被书写,原因很简单,它们不够清晰明了。因为中世纪史诗撰写在这样的秩序中:词和物不仅重合,且所有的阅读最终都是对神谕的阅读,逐步上升,最终一切都汇合于上帝那具有一致性的存在和语言中,那是所有存在之物最初的、有效的、最终的以及恢复的缘起。经院派看待世界的眼光是单义的:一切词与一切物在基督教秩序中都有其固定的位置、明晰的功能和确切的对应关系。没有误会的余地。《神学大全》中的词语和亚瑟王传说中的词语一样,都表明着它们所包含的,包含着它们所表明的。封建经院派的世界通过一种语言的纹章学来表达自身,与任何变革观念无关。纹章学的元素可通过一千种方式互相结合,丰富自身,并遵从四种阐释性的模式。但丁在写给坎格兰德·德拉·斯卡拉(Can´Grande della Scala)的信中列举出了它们:字面的、寓言的、道德的和神秘的。但是,基督教诠释学的这四种模式导致了一种等级制的维护统一的视角,导向了对现实的唯一解读。

因此,托马斯关于美的三重标准(和谐、全整和明晰)假定了目的和手段的等级:审美对象的正向价值是在好手段与坏手段、好目的与坏目的之间的一种全局依赖关系中建立的。在圣·托马斯那里,美、善、真组成不可分割的关系网。一本书或一幅画,其目的若是淫秽的、魔法的或异端的,那么即使完美,也皆为丑陋之作:因为堕落的目的决定了其美学手段。跳出这一规则之外的一切阅读均不正当。或者,用科林伍德所采用的历史观点来表达,"所有人和所有民族都介入到更新上帝旨意的进程中,因此这一旨意在历史过程中是永久的,它在任何地方皆一样,并且它的每个部分都构成同一整体性"。当在上帝的客观旨意与人的主观目的之间出现某种对立时,科林伍德补充道,"这不可避免地导致了这样一种观念,即人类的目的在历史的进程中无关紧要,而能决定历史进程的唯一力量即神性"。

异端被驱逐出神的秩序,被迫成为历史:对立于上帝旨意之人的目的的化身。最终,历史将成为"自由的过错"的现代名称。异端,其原本的含义是*为自己选择*。它是佩拉约在与圣·奥古斯丁的论战中犯的过错。当打击佩拉约关于人可以通过与上帝给予的丰足恩赐之间的直接联结,从而自由选择自我的救赎之路的理念时,教会认为,没有比去做捍卫自己的等级结构及其调解使命这件事更正确的事情了。但是,迫害打击难道不总是加固了被迫害者的声誉吗?他们受到迫害,是因为他们很重要。艾比·霍夫曼(Abbie Hoffmann)被引至一家电视演播室。亚历山大·索尔仁尼琴(Alexander Solzhyenitzin)则被迫流亡。我既不同意"异皮士"也不苟同斯拉夫神秘主义者的想法。我仅是指出,后者受到迫害,只因他举足轻重(或者他举足轻重是因遭受迫害),而前者没遭受迫害但也无足轻重。基督教在迫害异端时,亦预备了破坏其自身的异端的降临:批判、自由地审视、自主选择。

至此,或许我应该澄清一下,对于十一至十五世纪欧洲宏伟文化的蓬勃发展,我不会以进步主义那难免的傲慢对其否定。沙特尔和米兰的大教堂,普利亚和多尔多涅省的修道院,牛津和博洛尼亚重要的教育中心,贝叶挂毯和圣夏贝尔教堂的彩色玻璃窗，祈祷书和宫廷爱情作品，威尼斯和托莱多体现出的城市的壮丽，无疑都是人类精神最伟大的成就。罗马教皇和时权之间持续的政治张力无疑使西方摆脱了在东方建立的精神和时间力量的融合（政教合一）专制的传统。我只是想指出正教准则在中世纪解读世界时的特征，同时也不忽略那些在环绕正教的、中心的、胜利主义者的中世纪秩序的坚固堡垒周围的护城河中搅动、沸腾和渗出的异质的多元体系。这对理解塞万提斯尤为重要，因为他在反宗教改革的时代生活和写作，彼时正值中世纪正教所有的僵化被凸显甚至变得滑稽，其所有的荣誉业已消失殆尽。

III

　　侵蚀中世纪秩序基础的异端传统从可接受的辩论（例如唯名论）蔓延至被毫不迟疑迫害的异教（瓦尔多教派或纯洁派），其间也包括只是可疑的异端邪说——华金·德·弗洛拉（Joaquín de Flora）的冥世观，布拉班特的西格尔（Siger de Brabante）的拉丁阿威罗伊主义。这些秘密地或公开地对抗中世纪语言纹章学的人，提供了某种——作为其共有的特征——增衍、变形的相对视野。

　　经证实的异端主义者提出了各种极端的"变形"以对抗教会的统一教义。基督幻影说的信奉者声称基督的人类肉身不过是个幻影，基督的受难和死亡仅是表象：如他受难，他就非上帝；反之，如他是上帝，就不会受难。萨图尼努斯和叙利亚诺斯替教派坚持只有一位完全**未知**的**天父**，他作为**救世主**来到世间时，是一位自存的、非物质的、无形的救世主：他只是以人类的外表呈现，以便被他人认出。巴西里德斯（Basilides）和埃及诺斯替教众则提出，天父从未出生也未曾有过名字，基督只是天父心智的一颗微粒，也并未死在十字架上：一位名叫"古利奈的西门"的人在各各他山接替他的位置以他的名义赴死。基督只是耶稣受难（crucifixión）（或者，乔伊斯会说是 crucificción①）的旁观者。

认为耶稣是玛利亚和约瑟的肉体凡胎儿子的信念，滋养了克林妥的犹太化的诺斯替主义以及埃比昂派教徒。玛利亚并非圣母。只是在受洗的那一刻，基督才以鸽子的形式降落在耶稣的头顶，从那一刻起，开始引导他的行动。但是在骷髅地的最后一幕中，鸽子飞回了天堂，抛弃了耶稣，他再次成为凡人，遭受痛苦和死亡。形态神格唯一说令人目眩的名称源自上帝是独一且不可分割的信念。天父进入玛利亚的身体，诞生自她，受难并死在十字架上：人类将父神钉在了十字架上。撒伯流教派发誓，圣父、圣子和圣灵是同一个存在：具有三种不同时间表现形式的唯一上帝。惑众的阿里乌

---

① 此处是文字游戏。用"ficción"替换"fixión"，以此暗示耶稣受难可能只是虚构。

教（许多西班牙的哥特君王沦陷在其魔力之下），将圣子理解为圣父纯粹的延伸、投射和受造物，衍生自圣父的本体。二元论的阿波利拿里主义者则捍卫两个圣子的存在，一个是父神之子，另一个则是凡女玛利亚之子。聂斯脱利教将双重人格理论带得更远：耶稣基督确实是两位，一位是人，另一位是言。在人类耶稣的行为和上帝基督的语言之间是能够作出区分的。

这一异端者的谱系，通过重写教义，丰富了人们看待基督、三位一体和全能造物主（Pankreator）的生平及人格的视角。对其理论的简要修正或许足以为他们成为中世纪真正的小说家确保一席之地。他们对教会不可动摇之真理的回收再造与许多当代作家（伊塔洛·卡尔维诺、约翰·巴思、胡安·戈伊蒂索洛、约翰·加德纳、盖伊·达文波特、汤姆·斯托帕德甚至是与美国开国元勋有关联的戈尔·维达尔，以及关于福尔摩斯神话的《百分之七的解决》）的所为并无大异：以变形的模式重塑古老信念或是重写并不遥远的诸多历史。

在罗马教堂统一立面的后面，发酵着多样性。除理论之外，还存在非常危险的行为，从简单的巫术到以各种异教创始人和"赌徒国王们"为首的弥赛亚运动，在千禧年期望的掩盖下，引导着中世纪欧洲的穷人、不满者、神经质者、叛乱者和梦想家对异教的具体实践：自主选择。"富人盆满钵满；穷人一贫如洗。穷人饥肠辘辘……砸破那个有钱人的门！让我们和他共进晚餐。集体被杀也好过饿死。我们宁愿用生命冒险，也不愿以这种方式消亡。"这是诗人苏切恩维特（Suchenwirt）的呐喊，诺曼·科恩（Norman Cohn）在《追寻千禧年》中对此作了引用。鞭笞自身以赎罪的人，完人派教徒，自由灵弟兄会，贫民十字军，卡特里教派，瓦尔多教派和亚当派：他们的救世主义和他们的"无产者暴行"（科恩）就是宣告，他们与教会以及对世界单义的解读分道扬镳，欧洲登上驶向充满多向的张力和浪潮涌动的历史海洋的大船。

如果不是被给予了一个不容否认的现实——科学革命，这些离心湍流释放出的破坏着中世纪正统基础的力量，原本会彼此消耗和歼灭。与单一观点的经院派教义相对应的是另一种同样顽固的教义：地球是宇宙的中心。这个人类的星球是静止的星体，其他星体恭顺地绕其而转。如中世纪的社会一般，地球亦纹丝不动：太阳转动，致敬地球；为了支持神的事业，上帝可以停止太阳的移动，约书亚就是证人。

哥白尼观察星体的旋转并革新了人类世界：他建立了现代世界，消除了地心论令人安心的安全感，以及唯一或特权视角的可能性。宇宙在膨胀。宇宙源自神的设计这一决定性的观念瓦解了，赫拉克利特和异端分子的潜藏的观念再次出现：现实是永恒变化中的不同形式的流动。这位来自克拉科夫的学生为异端学说和多向思维提供了所需的空间。中心从整体构成中消失了，不同的视域增多，严格来说，是丰富了异端视域：对现实的看法不再是唯一的和被等级制强加的；现实不仅可被选择，可被选择的更是多样的现实。离心力大于向心力。皮科·德拉·米兰多拉（Pico della Mirandola）引介了犹太人卡巴拉（Cabala）和佐哈尔（Zohar）的教义，以及其关于世界是变化且可创造的观念；马尔西里奥·斐奇诺（Marsilio Ficino）翻译了被认为是三倍伟大者赫尔墨斯（Trismegisto）所写的赫尔墨斯教文献残卷，这位古埃及圣贤，在《阿斯克勒庇俄斯》发出如此振聋发聩的呐喊："噢，阿斯克勒庇俄斯，人类是多么伟大的奇迹，是值得享有尊敬和荣誉的存在！"赫尔墨斯主义者所宣告的令人难以置信：人就是神。

这个新人类的现实是什么？马尔西里奥·斐奇诺一下子就说明了它："一切皆可能。无一物该被丢弃。没有什么不可思议，没有什么不可能。我们否认的可能性只是我们未知的不可能性。"尼古拉斯·德·库萨（Nicolas de Cusa）是对中世纪经院哲学的消解以及人文感性的诞生最犀利的观察者，他指出，整体更新于每个事物中，整体存在于每个事物中，因为每个事物都是一种看待宇宙的不同观点；可能存在的视角是无限的，现实也拥有多向的特质。乔尔丹诺·布鲁诺看到宇宙被不断的变形的趋势所激发：每个人自身都拥有保证其无限特质的不同未来形式的萌芽。

1600年，米格尔·德·塞万提斯·萨维德拉健在时，布鲁诺被罗马宗教裁判所焚烧。1618年，即这位西班牙小说家去世两年后，教会正式审判哥白尼体系。1633年，伽利略被迫在宗教裁判法庭前放弃自己的观点。红衣主教贝拉明（Bellarmino）颁布了重归信仰的条件："所有人一致承认，太阳在天空中，围绕地球飞速旋转；地球纹丝不动，处于世界的中心。"伽利略卒于1642年，同年，艾萨克·牛顿出生。

IV

观看拜占庭圣像的方式只有一种：正面观之。它的平面空间与神的形象相对等，即独一无二，在所有的地方都是一种形象，且以整体存在。中世纪肖像画与我们所说的奥维多的卢卡·西诺雷利（Luca Signorelli）的壁画之间的反差再明显不过。西诺雷利画笔下的人物和空间旋转，流动，变形，膨胀：他的空间是具象的，被画出的地方都迥然不同。在拜占庭的画像中，除其所展示的时间或空间之外无更多时空。在西诺雷利那里，只有时间，确切地说，有的是与一个膨胀中的空间（比如宇宙本身）斗争且难以捉摸的一种时间。时空的新颖性是如此可怕，以至于能迫使这位画家，一个忧郁的孤儿，将那个时间和空间转化为所有时间和所有空间的终结：天启，最后的审判。西诺雷利在否定中世纪现实之史诗规则的同时也依托于它。

如此，史诗，意味着规则、唯一阅读、唯一写作。西诺雷利在绘画艺术中获得的启示在写作艺术中尤为适用。如果我们确证在文学中创世奇迹未被重复，而所有的书写都是基于先前的形式，是延续而非开始，是变形而非塑形；那么，有趣之事就在于我们先要考虑写作要如何基于先前的形式。如果新文本遵从先前形式的规则，那么在这一写作中也只是引入了有助于唯一阅读之规则的某些明指性差异。《神曲》是这一实践最伟大的、天才的示例。而今日任何一本"畅销"小说，在两个地铁站之间被阅读的那些小说中的任何一本，则是其最可悲的例子：它们仅仅是对十九世纪连载故事纯粹的篡写。

但是，如果新文本不遵守该规则，违背它，不为强化它，也不为模范地恢复被破坏的秩序，而是带着打破所指与能指的同一性，打破唯一阅读并在打开的鸿沟中设立一个新的文学形象的邪恶目的的话，写作将引入一种隐含的差异。它将创造一个新的关系领域，以激情对抗守规的信息，批判并超越它所依托的史诗，违背匹配史诗式阅读的要求。彼特拉克与其对劳拉的看法也许是支持上述隐含阐释首个且最好的例子。

彼特拉克以文艺复兴时期的最大动力之一——此时此

刻——对抗中世纪的抽象、永恒和统一的视角。如 O.B. 哈迪森在其关于彼特拉克的妙文中所说:"人生很重要;转瞬即逝的美之体验、爱和活力都很重要;这个特殊的时刻和这位特别的女子(被嵌入光与影奇特的混合中)很重要:比哲学家所有的演绎推理和经院学者的所有虔诚都更为重要。"

在文艺复兴时期的第一位诗人身上,思想和生活两种不同秩序之间的张力以非常尖锐的方式呈现是自然的事情。因为彼特拉克的内心斗争是抽象秩序和具象秩序之间的,是先前的趋势和他开启的趋势之间的,前者通过引用依据它与至高者或近或远的距离而成的阶梯状的符号来解释一切,后者则通过对事物与人的即时的领会取代解释。众所周知,这一抒情的即时性的对象是一位女子——劳拉,时间是 1327 年 4 月的一天,一个转瞬即逝的片刻:

> 幸运的那年那月那日
> 那个春日和时光,那个幸运的瞬间,
> 那个我初见她的美好幸运之地
> 及那幸运的念想……
> 只归自她,因只来于她。

(十四行诗 47)

这种即时的激情将彼特拉克与游吟诗人区分开来，但也让他与基督教（特别是奥古斯丁主义）的思想——将世界感知为被揭示的、永恒的、先于人类经验存在的那些真理的幻象和反映的中介——割离开来。对于彼特拉克而言，现实是即时的领会，随后，戏剧性地成为无眠回忆的对象。世界绝非虚幻，但确是稍纵即逝。彼特拉克是第一位现代诗人，因为他的著作没有以寓言的、神秘的、道德的或字面意义的方式照亮先于他的体验的真理，而是一次又一次地回到个人经验，并从中重新出发、重建它、修订它、捍卫它，免其落入抽象的诱惑。

然而，这种隐含的新写作不仅批评和超越了滋养过它的史诗形式，同时也违背了先前阅读方式的一致性：其自由将永远与它从中解放的秩序交织在一起。正如哈迪森解释的那样，劳拉出人意料地进出抽象世界。每时每刻她都准备变成寓言人物：达芙妮，真理夫人，圣母玛利亚，阿波罗追求的诗歌的象征。"她是上述所有，因为彼特拉克所继承的思想习惯是基于一系列的抽象来解释一切。但是，除了所有这些符号、神话和抽象之外，她仍然是劳拉，是将神话和抽象瓦解之人。"彼特拉克的视界是被众多抽象之物包围的现实的视界，他一次次地战胜它们，通过一种甜蜜的、饱受折磨的世俗的回归——回归到他初见劳拉的那一年，那一月，那一天，那个地方和那个时辰。具象的女子没有以寓言的方式前存于恋人直接的视线。劳拉是一切，但她也会是空无，如若没有那个被赋予特权、稍纵即逝的当下的片刻。

哈迪森的论点完全契合隐含写作的定义，它既是对先前准则的违背，却也要求它违背之物的依托。塞万提斯时期写就的西班牙小说凸显了这个问题。田园叙事和骑士小说是纯粹明指性的：它们是中世纪秩序过时的延续，是对过去的庆祝。相反，流浪汉小说从根本上是隐含性的。《托尔梅斯河上的小癞子》（*Lazarillo de Tormes*）、《古斯曼·德·阿尔法拉切》（*Guzmán de Alfarache*）和《瘸腿魔鬼》（*El Diablo Cojuelo*）撕下史诗的面具，并以时间的高利贷、怀疑的伤口以及更新的伤痕标记出自己没有五官的面孔。

尽管具有令人耳目一新的现实主义，流浪汉小说却并没有开启对现代想象力及其与过去的含混关系等主要问题的真正论争。出于对当下的祝圣，流浪汉小说包含着对先前的断然否定。然而，仅有对当下的崇敬是不够的，它的反英雄流浪汉对此也了然。受俘于纯粹的当下，流浪汉将其耗尽，让自己陷入死胡同，垂头丧气。流浪汉的冒险既不会以爆裂声也不会以抽泣声（艾略特的砰砰声和呜咽声）结尾，而是以略微的耸耸肩告终。当下自身并不能自足：要成为完整的当下，则需要一种对过去的感知，一种对未来的想象。但是，这些不能容身在流浪汉小说的特质中。

因此，困境仍然存在，没有人比塞万提斯更好地让它成为主角（或是解决它）。身处铠甲闪闪的阿玛迪斯·德·高拉（Amadís de Gaula）和褴褛衣衫的小癞子（Lazarillo de Tormes）之间，塞万提斯展现并集合了二者：史诗英雄是堂吉诃德，现实主义流浪汉是桑丘·潘沙。堂吉诃德活在遥远的过去，因阅读过多的骑士小说无法入眠甚至丧失理智。桑丘·潘沙则活在当下，他唯一关心的是日常生活问题：我们吃什么？我们睡哪儿？

得益于二者的相遇，塞万提斯能够从对纯粹的过去和纯粹的当下的祝圣中走得更远，从而提出了将过去与现在融合的问题。融合的含混性将这部小说变成了一个批判的计划。过去——堂吉诃德幻想自己是远古世纪的骑士——点亮了现在——一个有着客栈与路途、骡夫和女仆的具体世界；而当下（在不公正的、残酷的、丑陋的世界为生存而斗争的男男女女们艰辛的生活）也点亮了过去（堂吉诃德正义、自由的理想，以及富裕平等的黄金时代）。桑丘不断尝试将堂吉诃德植根于当下的现实。而堂吉诃德则不断地将桑丘提升至希冀海岛（他必将统治）的传奇冒险的层面。

塞万提斯的天才禀赋在于将这些对立面转化为文学术语，超越并融合骑士史诗和现实编年史的两端于语言所生成的特有的尖锐冲突中。在此意义上，塞万提斯缺少抱负：他的行动，是用文字行事，且只用文字。但是他知道，在他的世界中，言语是众多世界的唯一相遇之地。在《堂吉诃德》中——既不在过往也不在当下寻求庇护——第一次出现了现代小说含混的伟大和屈从：既有与压抑了叙事小说可能性的史诗秩序的破裂，又似西诺雷利的绘画，塞万提斯的小说必须将其新颖性依托在其试图否定之物之上，为置于含混的新颖性中心那要求秩序及规则的先前形式给予贡献。

通过这种方式，语言的孕育成为小说的中心现实：只有通过语言的诸多手段，过去和现在之间、革新和先前形式的贡献之间紧张而激烈的斗争才能获得解脱。塞万提斯在《堂吉诃德》中不仅正视了这一难题，也给予解决之道并超越了其矛盾。他是首位在自己创作的小说《堂吉诃德》中让创作批评生根的小说家。这一创作批评也是对阅读行为自身的批评。

如果我们意识到这部作品成书于印刷业的童年时期，那是一个在欧洲诞生了大众读者的时代，经由修道士的手小心翼翼书写的书卷、只是面向少数特权阶层的独享的阅读被批判性思维、资本主义的扩张以及宗教改革不约而同的胜利摧毁，阅读此书会是一次绝妙的体验。在今天，当阅读行为被那些预见电子千禧年而感伤的先知们——小心翼翼参与其中的还有书写"深奥"的作家们：广告商、滥用缩略语的官员、以及得意于那哗众取宠的畅销书的印刷的作者——判处在历史的垃圾箱中时，阅读此书同样也是一种绝妙的体验。

实际上，塞万提斯没有遭遇与我们的时代相同的处境，当然他也未能从创造现代欧洲的革新之风中受益。他是一个对不论是文艺复兴时期的能量、流动和矛盾性还是反宗教改革的停滞、僵化和虚假的安定都有着极其清晰意识的人。他出生在费利佩二世的西班牙，正统信仰的堡垒中，这就是他的时运。但或许也只有彼时的西班牙人才能写出《堂吉诃德》。

列奥·施特劳斯在其名为《迫害和写作艺术》的文章中提出，迫害对文学的影响在于，它迫使所有具有非正统观点的作家发展出一种特殊的技巧：隐微写作。特伦托宗教会议（El Concilio de Trento）在要求密切督察所有印刷品方面非常有力。甚至让人昏昏欲睡的田园小说也被当作对未婚少女贞操的威胁在西班牙的讲道坛上受到控诉，援引之言就出自宗教会议："那些涉及淫秽或下流事物的书既不该被阅读也不该被教授。"

当堂吉诃德发出那声著名的呼喊"我们碰见的是教堂，桑丘"之时，在教堂与这位乡绅想象中的巨人、魔法师以及其他生物之间没有混淆的可能性，也不存在丝毫需辨明之处。塞万提斯正在谈论真实的现实，他也知晓他所谈之物。塞万提斯的训诫小说《嫉妒的埃斯特雷马杜拉人》的原始手稿以恋人躺在床榻身体交合的场面告终。但是在塞维利亚大主教费尔南多·尼诺·德·格瓦拉枢机主教读完原著后，正如阿梅里科·卡斯特罗所说，"反宗教改革的天使"在不幸的恋人上空振翅。在这本训诫小说出版的版本中，这对恋人贞洁十足地睡在一起，塞万提斯听取了主教阁下的指示。

是时候返回到起点之一了。如卡斯特罗本人在其关于《堂吉诃德》作者的思想的书中所提，塞万提斯是一个"通过嘲弄和技巧遮蔽了不同于惯常的意见和观念"的伟大的伪装者吗——如果他确实如此，那么也正如卡斯特罗旋即承认的那般，塞万提斯的情形与因反宗教改革的反动浪潮而孤立在文艺复兴时期海滩上的其他作家的情形并无大异：康帕内拉（Campanella）、蒙田（Montaigne）、塔索（Tasso）和笛卡尔

（Descartes），更不用说所有例子中最戏剧性的例子：伽利略。

如果我们专注《堂吉诃德》的文本，就不可能说塞万提斯是不知自己在做什么的天真之人，或者是一个所知比所说要多的虚伪之人。文本告诉我们，他是一位沉浸在一场非同寻常的文化大战中，以无与伦比的批判性行动将西班牙的至美从西班牙的至恶中拯救出来，将中世纪秩序的活泼从其死寂中拯救出来，将文艺复兴的希望从其危险中拯救出来的作家。他以创作中的创作批评，以作为可能的阅读的多样性的结构批评，而不是在无足轻重的天真或虚伪中，作为塞万提斯，对击败了公社叛乱、特伦托宗教会议之后那个残缺不全的、封闭的、垂直的和教条主义的西班牙所持的基督单一意志说给予自己的回应。

V

在某种意义上，眼前的随笔是我在过去六年中一直专注的小说——《我们的土地》——的一个分支。构成小说中时间关联的三个日期可用于构建塞万提斯和《堂吉诃德》的历史背景：1492年、1521年和1598年。

第一个日期是西班牙历史上具有决定性的一年：犹太人被驱逐出境，格拉纳达沦陷，内布里哈发表《西班牙语语法》，哥伦布给了卡斯蒂利亚和阿拉贡**新世界**。

在九个世纪基督教和伊斯兰文化之间的对抗、共存和融合后，摩尔人的最后据点格拉纳达被天主教双王费尔南多和伊莎贝尔击败。费利佩三世将于1609年颁布最终驱逐摩尔人的法令。但事实上，自1492年起，西班牙首个统一的王朝就决定从费尔南多和伊莎贝尔仅根据自己的政治需要——统一，一个置于任何其他考量之上的统一——构想的文化中砍去阿拉伯文化遗产。脆弱的统一，因为它与中世纪各王国的极端派系主义趋向以及加泰罗尼亚人、巴斯克人、阿斯图里亚斯人、加利西亚人、卡斯蒂利亚人和阿拉贡人极端的地区主义背道而驰。

费尔南多和伊莎贝尔提出将天主教与纯正血统作为统一的绝对衡量尺度。这位天主教女王在给教皇的一封信中承认，是她造成了"城镇、各省和王国巨大的灾难"，但她的行为应得到原谅，因为它们的灵感仅仅是来自于"对基督和对其圣母的爱"。信仰成为所有政治需求的辩解之词。法律只将"老基督徒，不带任何污渍或与邪恶种族无关的信徒"视为真正的西班牙人。如此法令立刻演变为猜疑，不仅针对阿拉伯文化，还针对西班牙的犹太文化。

1492年的第二个行动是颁布了驱逐犹太人的法令，为了监督、迫害并在必要时灭绝犹太人和改教者，依赖于教宗和主教们的孱弱的中世纪宗教裁判所在天主教国王的直接命令下变成了一个强大的武器。随着其迫害范围的扩大，宗教裁判所变得更加强大，不仅针对异教徒，也针对改教者。以此，它绘制了一个真正的恶性循环。它扼制改教行为，迫使犹太社区的幸存者采取比宗教法庭的调查者本人更加不宽容的态度来证明他们的正教热情。这种无出路情况的最高悖论就是，犹太改教者成为其本族民众的主要迫害者，成为单一秩序最忠实的捍卫者。卡斯蒂利亚和阿拉贡的第一任宗教法庭庭长托马斯·德·托克马达（Tomás de Torquemada）就是犹太改教者。

但是，费尔南多和伊莎贝尔的政策不仅出于宗教考虑，他们的意图还在于，通过没收西班牙最勤勉能干的种族的资产来增加王室的祖业。结果却极具讽刺意味，相较于其直接或间接失去的，统一的王室所获得的眼前收益只是残渣。1492年，西班牙的居民总人口为七百万。其中，只有五十万是犹太人和改教者。但是，超过百分之三十的*城市*人口是犹太裔。结果是，在驱逐令颁布一年后，塞维利亚的市政收入下降了三分之一，而失去犹太资产阶级的巴塞罗那不得不宣布市政银行破产。

实际上，对犹太人和摩尔人的共同驱逐意味着西班牙丢弃了稍后为了维持其帝国地位而迫切需要的才能和服务。犹太人是西班牙的医生和外科医师，就连查理五世也曾在1530年祝贺阿尔卡拉大学的一名学生成为"卡斯蒂利亚第一位获得医学学位的绅士"。犹太人是王国唯一的收税人和最主要的纳税人。他们是银行家、商人、放债人以及西班牙新生的资本阶层的先锋。在中世纪,他们曾是基督教和摩尔王国之间的中介,是多位基督教国王的税吏或庄园的收税员,前者不断重申,如果没有犹太官僚,他们的财政势必崩溃。犹太人担任皇室祖业的大使、公职人员和管理人员。实际上,他们承担了西班牙贵族向来藐视的义务,后者认为这些义务不配其贵族身份。这意味着,1492年颁布法令之后,犹太改教者不得不掩饰或放弃他们的传统职业,因为这些传统职业公开地为他们打上"血统不纯"之人的烙印。

上述的诸多考量在涉及与阿拉伯民众的关系时也同样有效。穆斯林人是西班牙伟大的体力劳动者。只需想起我们的单词*工作*(*tarea*)就是阿拉伯单词,就足以明了。

阿梅里科·卡斯特罗采用这一语言学观点观察到西班牙语中与计算、测量、饮食、灌溉以及建造等事实相关的大多数单词都源自阿拉伯语。谁建造,建造什么?泥瓦工,城堡,卧室,屋顶平台。如何灌溉土地?灌渠,雨水池,蓄水池。我们吃什么?糖,大米,橙子,柠檬,洋蓟,所有产品的阿拉伯名称通过阿拉伯人被引入到欧洲。甚至当西班牙人在斗牛场呼喊"*¡Olé!*"时,他也正在使用阿拉伯语单词:*¡Wallah!*卡斯特罗的结论是:"(摩尔人)的工作美德和这些美德所意味的经济财富被西班牙王室抹杀了,面对建立在宗教统一和封建王权基础上的国家荣誉,这些财富和福祉毫无价值。"

历史会重演,但在西班牙的第二次上演不再是闹剧,它变成了一场悲剧。十三世纪,费尔南多三世对安达卢西亚的光复,不仅导致了安达卢西亚的破败,也造成了卡斯蒂利亚自己的破败,因为后者突然被剥夺了穆斯林经济和劳动力带来的互补的利益。阿拉贡的海梅一世在1238年占领瓦伦西亚时,曾小心避免重蹈费尔南多的覆辙,他为了自己王国的利益保留了摩尔人的农业经济。但一切都终是徒劳:1609年费利佩三世对三十万西班牙摩尔人的最终驱逐造成了瓦伦西亚和阿拉贡中产阶级的衰败,为那个塞万提斯的西班牙、流浪汉和国王弄臣的西班牙带来了全面的经济萧条。

然而,天主教双王及其后继者们对西班牙施加的伤害不只是经济灾难,也造成了西班牙尚未从中恢复过来的历史和文化创伤。西班牙的独特性源于以下事实:西班牙是西方唯一一个基督教、犹太教和伊斯兰教三种信仰和三种不同文化相互滋养超过九个世纪的国家。西班牙中世纪社会中混合类别的多样性充分说明了这三个种族在身体和精神上的融合。莫扎拉布人(Mozarabes):接受了穆斯林文化的基督徒。穆德哈尔人(Mudéjares):作为基督教国王的臣民生活的摩尔人。穆拉迪人（Muladíes）：接受了伊斯兰信仰的基督徒。托尔纳迪索人（Tornadizos）：皈依基督教的摩尔人。埃纳希亚多人（Enaciados）：生活在两种宗教之间的马背上，由于他们的双语才能而被摩尔人或基督教徒用作间谍。受西哥特人迫害的犹太人在八世纪帮助了半岛的第一批阿拉伯入侵者，他们融入了安达卢斯文化，在那里成为阿拉伯语的老师、官员、使节、医生，甚至成为哈里发的大臣。继十一世纪阿里莫拉维德人的残酷入侵后，犹太人遭到摩尔人的迫害，他们去基督教土地上寻求庇护，将摩尔人的价值观和生活方式也传播到了那里。另一方面，穆斯林入侵者到达安达卢斯时没有妇女随行，他们就与西班牙女子通婚。双语（或三语，如果我们考虑讲拉丁语的人）一代随即出现了。

阿梅里科·卡斯特罗断言："西班牙精神之最独特和最普遍的源头就在基督教—伊斯兰—犹太语背景下九百年间铸就的多样的生命形式中。"毫无疑问，这种跨文化合成体是犹太人和摩尔人对基督徒的影响所主导的，而非相反。安达卢斯，在公元712年还是一个野蛮王国，是阿拉伯人将其变成了拥有被灌溉的土地、休闲的花园以及宏伟建筑和壮观城市的绿洲。在十世纪，科尔多瓦是西方人口最多的城市，有五十万居民。而基督教西班牙既没有阿威罗伊（Averroes），也没有迈蒙尼德（Maimónides），也没有能与科尔多瓦的清真寺或麦地那·扎赫拉宫殿相媲美之物。我们对卡斯特罗所说的"中世纪的西班牙是面对一个优越的敌人表现出的顺服和惊异的态度与为克服这一自卑而付出的努力相结合的结果"这一看法不应感到惊诧。

但确实值得惊骇的是，近千年后的西班牙因为对其三分之二的存在颁布的法令而枯败。毫无疑问，分析西班牙阿拉伯人和犹太人的文化丰盈将会是一项浩大的工程。对此我只能管中一窥，仅列举有限的例子，尤其是那些蕴含文学意义的实例。

通过穆斯林西班牙，摩尔人建筑的交叉拱顶被引入欧洲，并成为欧洲哥特式建筑的特色元素之一。通过安达卢西亚的摩尔人，独唱的东方音乐转变为合唱音乐，并被赋予了很快就会被西欧的行吟诗人和游唱诗人接受的一种活跃的音调、节奏与和谐感。阿拉伯人通过西班牙将希腊哲学重新引入欧洲。在巴格达哈里发时期，古典文献已被翻译成阿拉伯文。托莱多学校——根据雷南（Renán）的说法，将中世纪分为两个明确的时期——在西方传播古典文献。伊斯兰西班牙意味着从安达卢斯辐射至哥特西班牙乃至越过比利牛斯山脉的科学、医学、数学和天文学。

阿拉伯文化对叙事文学的影响始于十一世纪佩德罗·阿方索的《教士训诫故事集》(*Decipline Clericalis*)，一本阿拉伯故事和寓言集。其影响在十二世纪还在持续，通过《卡里来和笛木乃》(*Calila y Dimna*)的印度斯坦故事的译本，一直到十七世纪巴尔塔萨·格拉西安（Baltasar Gracián）的《批评大师》(*El Criticón*)中。众所周知，该小说乃基于阿拉贡摩尔人的叙事。普罗旺斯的抒情诗，以及纯洁爱情（阿拉伯语 udri）的概念都源于阿尔安达卢斯诗人本·古斯曼（Ben Guzmán）开垦的塞赫耳（zéjel，西班牙摩尔人的诗歌）。

所有这些阿拉伯文化表现形式的凸显之处是它们对于艺术的感性观念：一种西班牙中世纪基督教建筑形式和诗歌形式从根本上所缺失的观念。实际上，只要将基督教西班牙的严肃好战的史诗《熙德之歌》与第一部将现实主义和寓言、粗鄙和高雅、自传的诚意和社会批评融于一体的西班牙作品，即出版于1330年由伊塔大司铎所著的《真爱之书》对比即知。《真爱之书》就是我们的《坎特伯雷故事集》，大司铎胡安·鲁伊斯则是我们的乔叟。但是，我们不要将对比带至太远。正如玛丽亚·罗莎·利达和阿梅里科·卡斯特罗所指的那般，该书本质上是阿拉伯文化影响力的产物，基本上源自1022年安达卢斯诗人伊本·哈兹姆所撰写的伟大的情色自传体抒情诗《鸽子项圈》。

从伊本·哈兹姆到伊塔大司铎之间,段落、描述和主题的文字迁移是如此丰富,以至于此时此刻无法一一列举。在我看来,重要之处在于强调该书首次以西班牙语,以完全迥异于基督教史诗中典型的肉体异化的一种情色流动梳洗日常的现实。胡安·鲁伊斯的书是对作为生活真正目的的个人享乐的一种颂扬,同时,也是对情色和宗教可以并且应该共存的一种实践证明。《真爱之书》是对罪孽概念的排斥,是对肉体、情色想象以及存在的感官欲望的赞美。通过其灿烂的作品,阿拉伯世界的感官快乐在基督教西班牙以文学的方式现身。《真爱之书》,《鸽子项圈》之子,是一座遭人非议和令人愉悦的阿尔罕布拉宫,置身在即将到来的幽灵——埃尔·埃斯科里亚尔修道院的墓地——的石质心脏中。

如果说阿拉伯文化对西班牙文化的影响是感性的,那么犹太人带来的则是智性影响。甚至,在我看来,正是由于犹太知识分子的缘故,西班牙语得以定型并获得了文学上的尊严。众所周知,这两个方面集合在十三世纪由国王、智者阿方索十世赞助的庞大的事业中。阿方索身边围绕着众多的犹太智士贤人,以便撰写其宏伟的文集大全,其中包括立法汇编《法典七章》、法律著作《皇家法典》、两部伟大的史书

《西班牙史》与《世界大通史》、天文学著作《阿方索星表》以及有关阿拉伯象棋的首部西方书籍。

这项非凡的中世纪智识工作的目的是确证当时的所有知识,结果就是一种*前概念*的百科全书。但真正令人瞩目的因素是,卡斯蒂利亚国王必须求助犹太智识来完成任务。同样,其意义非凡之处还在于,犹太人组成*智囊团*并坚持认为该工作应该用西班牙语而不是依照学术习惯使用拉丁文书写。所为何故?因为拉丁文是基督教的语言。西班牙犹太人希望知识能够以通俗的语言传播给所有的西班牙人,基督徒、犹太人或改教者。从他们在阿方索宫廷所做的工作中(就像从果戈里的《外套》中生发出俄语写作的情况),将走出西班牙未来的散文。阿方索之后的两个世纪,依然是犹太人,他们使用世俗的语言来阅读典籍,进行评论,撰写哲学和研究天文。可以说,是犹太人在西班牙确定并流通了西班牙语的使用。毫不出人意料,这一努力在产生于西班牙中世纪和文艺复兴两个世界间的一部杰作——《塞莱斯蒂娜》——中走向高潮。

VI

首先,《塞莱斯蒂娜》是一部无礼之作。我是在一种严格的意义上使用这个词的:费尔南多·德·罗哈斯的书的出现是对在其之前或那些在《卡利斯托和梅丽贝娅的悲喜剧》首版后不久迎来高峰的写作中的重礼风格的坚决失敬。在迭戈·德·圣佩德罗(Diego de San Pedro)的《爱之牢笼》,或是在蒙塔尔万(Montalván)复撰的《阿玛迪斯·德·高拉》中的夸张礼节,是一种没落的自我庆祝:衰败因过度的夸张而被证实。没有比《塞莱斯蒂娜》中更远离上述风格的反英雄了,他是一位骑士,其热情和贵族气势不亚于感伤小说和骑士小说中的英雄们,但与后者不同,他付钱给一个下流的拉皮条的妇人,只为拥有情人,他收买仆人,私自潜入梅丽贝娅的家，秘密地拥有了她，就在离她可敬父母的卧室几步之遥。

一部如《塞莱斯蒂娜》这般丰富、多样并且胆大妄为的作品并非无中生有。但列举其中明显的文学影响会有让它窒息的危险：我们可以追溯到《圣经》、普劳图斯（Plauto）和泰伦提乌斯（Terencio）的喜剧、两位司铎——伊塔司铎和塔拉韦拉司铎（Arcipreste de Talavera）——的作品中皮克罗米尼的情感阴谋和拉皮条女人的前身。《塞莱斯蒂娜》的独特之处与其作者费尔南多·德·罗哈斯学士的独特之处密不可分，他是来自萨拉曼卡大学的年轻学生，是一名犹太改教者，一座人文主义倾向的图书馆的持有者。

众所周知，《塞莱斯蒂娜》是一部言未尽意、被反复雕琢、在匿名性和公开性之间犹豫不决的作品，它身陷于各种说辞：是一位身处冲突之人的作品，是一位犹太改教者——他所处时代，所处之地的产物——的作品。他所处时代：颁布驱逐法令的西班牙；他所处之地：西班牙文艺复兴时期的萨拉曼卡，各种新思想和新阅读的汇集地，它自身无法为日益增长的王室集权制提供选择，但在彼时能够为一种多样的、具有争议性的人文主义文化给予一席之地，这一文化敞怀接受以直接领会事物为内涵的文艺复兴的影响及其两大最高标志：彼特拉克和薄伽丘。

这种丰富的冲突性与作品的内部属性息息相关。进而言之，结构就是其自身的新颖所在。可以说，《塞莱斯蒂娜》是第一部现代作品，在其中，对人类行为的内部反思获得了形态，随后以多样的形式在塞万提斯和莎士比亚的作品中达到高潮。《塞莱斯蒂娜》所呈现出的道德上的危险和短暂，以及美学上的坚实、确信、令人信服的新颖性在结构上可被感知。《塞莱斯蒂娜》中发生的事不多，事件寥寥。然而，一旦事件发生了或是发生之时，它们就会成为书中人物激烈评论的对象。《塞莱斯蒂娜》首次在一部叙事作品——它惯常显露为潜在的戏剧、拥有叙事艺术的真正的悲喜剧——中，超越了对事件的展示，将其转化为对自身的反思、阐释、赞美、嘲讽和总结。

主角们关于事件的思考构成了《塞莱斯蒂娜》的中心。人物互相评论，相互琢磨，互相侧目，相互守护。我将《塞莱斯蒂娜》中的人物看作是二重唱：每个人，都是他本人和他所体现的生活原则的合唱；所有人，对人类的弱点、生活的激情以及城市悲喜剧的犬儒智慧作出评论，齐声合唱。它是悲剧，因为作品中大量的道德格言，并没有赞扬固定的、既定的、正统的善，而是指出了不幸临近的结局和不断变化的规律。它是喜剧，则是因为礼貌和贵族的世界看上去是被嘲笑和可嘲笑的，而且还因为嘲笑者自己——老塞莱斯蒂娜、她的房客，仆人们——无法自救于失败和死亡的至高嘲弄。作品处在紧张的变化中，那些迎来送往，那些来访和指示，那些离开和返回，那些我们可以称之为叙事的"流动的"方面，终是获得了一种荒谬不动的意义：死亡。

改教者费尔南多·德·罗哈斯对其作品施加的悲喜剧性运动是一种徒劳，是一种无用欲望的原动力。欲望的实践变得越强烈，其道路就越反复，其努力就越顽强，其结局就越潦草、越轻飘和巧妙，人类疲惫不堪的自负就显得越发可笑和无度：《塞莱斯蒂娜》中所有人物，无论贵族或平民，都在积极营造自己的废墟。

反英雄是自己废墟的作者这一主题是城市小说的常数，是西班牙改教者费尔南多·德·罗哈斯——在让西班牙公民首次统一起来的征服格拉纳达七年后，在将西班牙社会从最先进的现代酵素中剥离出的驱逐犹太人的法令被颁布的七年后，在发现美洲的七年后——开创的。

双重运动，即始于西班牙首次向心权力整合之时的双重的离心—分散运动：犹太人散向那些将会成功挑战西班牙对欧洲和世界霸权企图的商业、政治和知识中心，同时西班牙个人主义热情散向**新世界**。美洲的征服者带着骑士之书,即被莱奥纳多称之为的"勇者之书"一起出行,他们的功绩最终就是在加勒比海的翡翠岛上、阿纳瓦克高原的尘土和石头间、达连地堑炙热的原始森林中、秘鲁的沙质海岸上企及了一个平凡的西班牙人的高度。或许他们随身携带罗哈斯的《塞莱斯蒂娜》会更好。

对**新世界**的发现以及随后的征服和殖民事业是文艺复兴时期的典型作为:对真理、空间、荣耀和个人利益的寻找。发现者和征服者是那些因其社会出身而被拒绝、不能在半岛的阳光下拥有一席之位的人。他们是实现新兴资产阶级有所作为、敢于冒险、获取财富和个人肯定诸意愿的狡诈的、充满活力的,通常也是残酷的典范。奥尔特加·伊·加塞特指出,西班牙对美洲的殖民是一个此般国家的典型举动,在其中,历史的伟大事业诞生自不守纪律的大众,并携带普遍的、集体的印记。奥尔特加将之与由少数群体和经济集团完成的英国殖民作了比较。

西班牙已容不下自身。萨拉曼卡一位勇敢的学生——贫困磨坊主的儿子科尔特斯将征服阿兹特克帝国。一个没文化的养猪人——皮萨罗,将击败强大的印加人。**新世界**的绅士将离开埃斯特雷马杜拉荒芜的土地,将离开喧嚣的卡斯蒂利亚的城市，离开人满为患的安达卢西亚监狱。但是，既凸显个人也强调集体特征的浩荡的冒险是以两大机构——王室和教会——的名义进行的。一旦征服结束，两个机构便将其绝对权力强加于个人和大众。哥伦布最终身心受困，被摧毁了。科尔特斯的结局是向皇帝查理五世乞求施舍，以付钱给其仆人和裁缝。

对他们来说，或许《塞莱斯蒂娜》要比《阿玛迪斯·德·高拉》更值得一读。那么，罗哈斯做了什么，取代重礼文明（骑士和他的贵妇）的滥调和确定的支柱（权贵，权威，爱）的陈词，而去迎接一个唾弃礼节、质疑权威并孕育不确定和动荡的人类处境的世界？在《塞莱斯蒂娜》中，所有人物的传统的轮廓都转变为与城市——一个新的历史现实的催化剂——的相遇。城市，与金钱、阶级和行业关联，战胜了绝对伟大的激情，战胜了奉为典范的美德和列为儆戒的恶习。

卡利斯托，以感性和骑士的方式来看，表面上是一个理想化的饱含激情的主角，但很快，他就失去了崇高冒险的诸多属性，堕入到简单的爱情买卖的迷宫。梅丽贝娅，表面上是传统的女英雄，她娴静、美丽、难以接近，但如果我们考虑她整体的情色关系，那么，她最终领悟了从亲密的保护性的家庭核心中解放出来的重点，体现出一种绝望的、唯一的作为女人的自我实现的可能性（不久就因死亡而断送）。这种批评的含混性为改教者——一个陷于冲突、被迫害的人——所专有。他敢于揭开贵族卧室的窗帘，看到不着寸缕的贵族，被拘禁在仅是人类的、不再具有传奇性的活动范围中，他们维持着公众形象，私底下却如下人般行事。

在费尔南多·德·罗哈斯洞彻的批判和叙事背后，在欲望的涌动背后，在城市的流动、对旧秩序的嘲笑背后，在幻灭和新颖的废墟背后，生发起其特有的母亲身影：塞莱斯蒂娜，文学现实中的终极角色之一，在两个世界——最确切的现实和最难以捉摸的魔法——之间穿行的女人。

塞莱斯蒂娜，被森普罗尼奥宣称是在爱情事务上绝对可靠的权威；被卡利斯托招唤，作为煎熬之人的安慰者；被帕尔梅诺放置在一个对病态的阴谋诡计进行非凡贩卖的中心。她被其他人召唤、招用、安置，而当她出现，则打败了上述所有的描述：她下作的技能涵盖了日常生活的全部，但也以诡秘又家常的维度超越了日常。母亲，生意人，城市遇难者的雄辩大师，奔波劳碌之人，多话之人，拉纤之人，各种生存艺术的主人，其主人们情色欲望的仆人，塞莱斯蒂娜始终保留着一个社会秩序或历史突发事件无法触及的角色：没有人可以剥夺她神圣的魔法功能，秘密的女先知的身份，对真理猜疑的保护者,她们受到人们的迫害和禁止,因为后者害怕女巫的镜子所反映之物——源头的图像,历史拂晓中神话的、开创性的视界。

秘传,确切地说,意味着"eiso theiros,我使其进入"。塞莱斯蒂娜,在所有的层面都是导入者:从肉体到肉体,从思想到思想,从幻想到理性,从他人的到自我的,从禁止之物到祭献之物,从梦境到不眠,从过去到现在。

城市现实中年老的奔波者,塞莱斯蒂娜,无休止地宣告着变化的宿命:"这就是世界,前进,转动着它的车轮。命运的规律就是无一物能长存,它的秩序就是变化。"但是这些染上了费尔南多·德·罗哈斯身上那漂泊种族的逆来顺受之色的话语也无法在其笔下伟大的人物身上掩饰对源头的思念:"看来你二十年前还不认识我。哦!谁曾见过我,现在谁看见我,我不知道他的心如何能不因痛苦而破碎!"

拉皮条女人的话几乎与被驱逐的犹太人的话相同:"我深知我出生只为衰败,盛放只为枯萎,愉悦只为黯然,我向死而生,生活只为成长,成长只为变老,变老只为赴死。"但比作为社会评论或历史悲剧走得更远,塞莱斯蒂娜是被欺骗的黎明女神,被剥夺了神性的女人,是与地狱之力签下契约的穿着裙子的魔鬼:"我向你起誓,悲伤的冥王星,地狱深渊的领主,受损宫廷的皇帝,被审判的天使们狂妄的长官,沸腾的民族山脉溢出的硫磺之火的主人,刑法的总督和巡视官,罪恶灵魂的折磨者……我,塞莱斯蒂娜,你最熟知的主顾,向你起誓:你须刻不容缓地来服从我的意愿,并将自己包裹在其中……此事成,再向我表明你的诉求。"

以这种方式,社会变革获得了神话变形的共鸣:塞莱斯蒂娜是现代城市的喀耳刻——有一天,你将无法在镜中认出自己。

改教者费尔南多·德·罗哈斯将现代城市的现实运动与创建城市的神话运动作了对照:二者皆为饱受痛苦的城市,是出逃的城市,被脆弱的人间天堂驱逐,对破裂的团结抱有怀旧之情;是痛苦,是由不洁的女祭司主导的逃亡和苦难,她是因创造失败而被羞辱的女神,被判处吞噬人类的垃圾,以净化人类的城市。

在《卡利斯托和梅丽贝娅的悲喜剧》浩瀚的西班牙—希伯来语手稿背后,会读到犹太人的《光明篇》之言:上帝与人类共担创造之错,而上帝仍然缺席世间,创造就成为上帝和人类共同堕落的原因。伟大而神秘的希伯来文本的定律支配着罗哈斯的《塞莱斯蒂娜》中的全部运动:变化和移动的规律无情地揭示了自己是生活的属性本身——男人和女人生活于世间，就是为了一次又一次地上演世界的创造。

《塞莱斯蒂娜》是天鹅之歌，同时也是西班牙伟大的犹太文化遗产。它是1492年驱逐犹太人事件的文学纪念碑。

VII

1521年是比利亚拉尔的卡斯蒂利亚公社起义失败的一年。我为什么认为这是个具有决定性的日期？那些保守派历史学家，从丹维拉（Danvila）到马拉尼翁（Marañón），中间还有梅嫩德斯（Menéndez）和佩拉约（Pelayo），不是一直不知疲倦地提醒我们公社起义只是封建主义不合时宜的爆发，是反对查理五世所代表的专制主义现代概念的封建贵族的暴动？接受或拒绝该论断，对理解十六世纪以来西班牙及其美洲殖民地的历史生活都至关重要。如果我们予以接受，我们也将接受以下观点：西班牙和美洲的哈布斯堡王朝"帝国"意味着一种通过反封建的专制主义将我们推向融入现代国家趋势潮流的进步，就像在英国和法国发生的那样。但是，如果我们予以否认，我们将得出这样的结论：在比利亚拉尔，查理五世不是击败了鬼魅的封建贵族，而是将神圣罗马帝国的普世主义理想移植到了西班牙，以天主教双王的统一驱动力对其重建，击碎了向现代性过渡的中世纪西班牙的多元化和民主趋势。

在中世纪，西班牙并不缺少支持宽容和多元化的导向。卡斯蒂利亚的阿方索六世炫耀其两种态度，他自称"双教之皇"，而穆斯林始终对"圣经民族"保持道德敬意。如我们所见，在智识生活中，三种文化不断相互丰盈。

想必我该在之前提到过的人名后再补充三个名字，以进一步阐明那些对多样性和宽容性的推动力。唐·塞姆·托布·德·卡里昂（Don Sem Tob de Carrión）在十四世纪用希伯来语和西班牙语写了一首抒情诗，其伤感与温柔使阿拉伯文学传统和希伯来人的生存本质得以提炼和统一。两种继承让他得以成为赞美书籍、哲学教育，以及宽容性的载体——对话——的第一位卡斯蒂利亚诗人。马略卡岛伟大的知识分子拉蒙·拉尔（Ramón Lull）十四世纪初就在《异教徒和三贤者之书》（*Libro del Gentil y los Tres Sabios*）中担当了"智识异教徒"的角色，他能够倾听伊斯兰教、犹太教和基督教三种宗教代表的真理，以便了解和融合所有宗教的美德。

十五世纪,加泰罗尼亚诗人奥西亚斯·马奇(Ausias March)是最早以内心生活的复杂性和对个体存在应有的尊重为书写主题的欧洲作家之一。

同时,在西班牙的基督教王国中也正发生着一种独特的现象。西班牙的封建制度仅在加泰罗尼亚和阿拉贡强盛,但即使在这两个王国,其领主结构也因现实或者温和的制度而被削弱。在加泰罗尼亚,原因显然在于拥有强大资产阶级的巴塞罗那的存在以及其在地中海异常活跃的商业活动。在阿拉贡,则由于大法庭(Justicia Mayor)的存在,其终身制的特性不仅让它能履职国王和贵族之间的仲裁员,而且还能担任受王室或贵族迫害之人的保护者。而在阿斯图里亚斯、莱昂和卡斯蒂利亚,封建制度在整个欧洲是最薄弱的,原因显而易见:在光复运动的冗长战争期间,边界的不断移动对领地权的稳固——封建制度的基础——造成了最大的困难。此外,基督教世界的边界造成了太多的败落区,在那里基督教贵族与摩尔人形成附庸关系,或相反。

这些弱势的表现以及统一的中央权力的缺席,促进了民权和地方制度的发展,途径为:向民众颁发自治证明,在多个城市社区内实行宗教自由,司法机构的独立和以资产阶级文化及商业中心为首的一场期望高涨的持久的革命。自十二世纪以来，在卡斯蒂利亚就存在半自治市镇或委员会，即，通过授予政治自治和拥有自己法典的特权来吸引居民到被光复的地区定居。委员会组成民兵并结成兄弟般的团体捍卫自己的利益。委员会的代表们聚集在议会，自十二世纪以来，第三等级就能在其中找到代表。那么，让我们记住，正是在西班牙，欧洲首次拥有了平民的政治代表。在 1789 年，它延展的灵感滋养了法国大革命。第三等级是什么？阿贝·西耶斯（Abate Sieyés）彼时在他出色的册子中发问：什么也不是。但是在中世纪的西班牙，平民阶层已经是什么了。

中世纪的西班牙也不失社会多孔性。一个奴仆可以缓慢但极可能从领主的仆从地位升至国王的下人位置，然后从那里升至资产阶级的地位。在卡斯蒂利亚的城市，公民身份的概念正在酝酿之中，越来越多的个人参与政治议会。何塞·安东尼奥·马拉瓦尔（José Antonio Maravall），关于公社革命的权威作者，他认为，卡斯蒂利亚的政治体制在十六世纪初就处在能与同时期的英国相媲美的政治发展阶段。彼时，天主教双王没有打断公民政治的进程，各城市也支持其统一的意图。但是，当年轻的哈布斯堡王储——西班牙的卡洛斯一世（德国的查理五世），作为疯女王胡安娜和她已故丈夫美男子费利佩的继承人在 1517 年登上王位时，城市社区感到他们的自由受到各种形式的威胁。无疑，存在仇外因素。卡洛斯国王是弗兰德人，甚至不会讲西班牙语。但真正令各城区警觉的是新君主的政策。该政策公开对接不断增强的中央集权，完全忽略城市的公民权利及其地方制度。公民对立宪主义的推动不可避免地与卡洛斯国王作为中世纪*帝国*的复制和延伸的专制主义观念相冲突。

公社内战被马拉瓦尔准确地称为"西班牙或许也是欧洲的第一次现代革命"。实际上，这场公社起义是英法革命的先驱运动。然而，传统意义上，悖论中的悖论是那些西班牙的反动历史学家将其判定为一场反动运动。他们忘记了出于某些原因，公社领导人的名字——帕迪利亚、布拉沃和马尔多纳诺——被铭刻在加的斯国会的墙上；1812年的自由革命自认是1520年公社革命的继承者。保守的论点是，公社革命是领地贵族反抗皇室权威的一场暴动。但是，胡安·路易斯·维夫斯（Juan Luis Vives），事件的同代人，在评论这些事件时写道：Sunt motus Hispaniae plebis adversus nobilitatem.（西班牙人民反抗贵族。）

最终，新一代的西班牙历史学家拨乱反正。"公社"——安东尼奥·多明格斯·奥尔蒂斯（Antonio Domínguez Ortiz）说道——，"首先是来自卡斯蒂利亚城市中产阶级的不满表达……公社成员想要一个其支柱是城市资产阶级的王朝。"

贵族在反抗运动中的参与度甚微：他们一开始就是机会主义者，在最后阶段倒戈国王对抗公社社员。没有人比查理五世自己在指向一系列被指控为叛乱者的一份文件中更好地描述了公社革命的社会构成，在那份文件中，君主在人名之后，提及了每个人的职业：一小部分骑士和绅士；大部分是管理者，市长，陪审员，财产托管人，所有这些人都与上演叛乱的城市的生活息息相关；公证人和市政长官，小教士们（受俸牧师，修道院院长，副主教，教长和唱诗班领班）；人文主义者和教授；众多的医生，学士，高中毕业生，医生和物理学家，以及大部分商人，货币兑换商，公证人，药剂师，店主，旅店老板，武器制造工，银匠，珠宝商，煤玉雕刻艺人，刀匠，铁匠，铸工，面包师，卖油人，屠夫，盐商，香料商，蜡商，毛皮加工工人，帽商，亚麻布商，饰带商，鞋匠，裁缝，理发师和木匠。

这个列表读起来不像《堂吉诃德》中的人物列表吗？塞万提斯广瀚世界中的人物难道不是那挑战哈布斯堡王朝专制主义、为民权发展而战的同一批人吗？但是，在塞万提斯那里，沉默的大多数在1520年曾是发出声音挑衅的大多数。卡斯蒂利亚人民无法在1605年——《堂吉诃德》出版的日子——发出1520年的呐喊。公社社员要求的是一个民主的秩序。我毫不犹豫——在1520年西班牙革命的背景下——使用"民主"一词，它不断出现在公社成员书写的诉求中，并且这是他们奋斗的固有动机：取消政治和行政职位的永久任职，定期更新公职人员以及对其履职实施公共监控；结束对犹太改教者的迫害；拒绝支付额外税收，并通过代表制实施税收原则。

在卡斯蒂利亚公社起义中，正如马拉瓦尔观察到的，革命者的要求远远超出了英国《大宪章》（*Magna Carta*）的意图，因为这些公社人士对一面将男爵和公民联系在一起，另一面将男爵和国王联系在一起的条文未作区分，而是提出了一个全面地在王国建立新的立宪秩序的革命思想，国王应仅是该秩序中的一个元素。依此，革命者实际上是在要求一种马拉瓦尔依据现代宪制国家的发展所认定的深刻改革：反抗的权利，人民检举国王本人的权利，界定民众政治的权利，如萨拉曼卡教长在给迭戈·德·古斯曼（Diego de Guzmán）学士的一封信中所说，"依据所有人的意愿"。

"经所有人同意""人民的普遍意愿"：类似的概念——我们有时认为是启蒙时代所固有的——在十六世纪西班牙公社成员的信件、演讲和声明中司空见惯。

在我看来，上述所说都足以将公社革命描述为民主导向的政治运动。该起义，通过总委员会（Junta General），在以多数表决为基础并明确代表所有人普遍意愿的行政会议中进行了政治表达。历史学家赫尔穆特·格奥尔格·科尼斯伯格（Helmut Georg Koenisgberger）在其出色的著作《国家与革命》一书中毫不犹豫地将总委员会描述为"一个革命政府"。

1521年，公社军队在比利亚拉尔被击败，这对于支持一个现代、民主、多元和宽容的西班牙的势力意味着猛烈的打击。萌芽于中世纪并于1520年结出果实的革新种子被建立在纯正血统、不宽容、迫害、宗教正统和对多元文化的残害基础之上的逆时代的*帝国之拳*碾碎。

查理五世向西班牙强加了神圣帝国特有的集权制度，而各公社则希望通过多元性建立统一的现代原则。加夫列尔·杰克逊（Gabriel Jackson）在其关于中世纪西班牙的一本书中总结了这场灾难："西班牙在将要成为世界强国的那一刻，剧烈地缩减了其经济和智性资源。它坚决地背弃了文化多元的理念，恰在要将自己的统治地位扩大到文化高度多样化的土著民族之时。"

让我们短暂考量一下，对西班牙的美洲殖民地而言，将一种民主全面发展的宪政秩序移植到我们的领土意味着什么。1521年：公社成员在比利亚拉尔被击败，同年，科尔特斯征服了伟大的特诺奇提特兰。取代阿兹特克人纵向的专制权力，西班牙人安置了哈布斯堡王朝垂直的专制权力。国王，西印度事务委员会、贸易署，总督府，总督，总统领，都督，检审庭，以及被等级制权力金字塔压榨的无效市政会。

因此，在我看来，就公社起义失败对西班牙美洲命运非同一般的重要性的研究太少。一经在1521年击败民主运动，西班牙就提前击败了作为可实现民主的政治实体的殖民地。因此而来的是独立后西语美洲可怖的困境：我们去殖民化的斗争，可以这么说，一直都应是与殖民期的二次方斗争：我们终究曾是一个殖民地的殖民地，因为统治我们的宗主国很快就成为了欧洲的西印度。

新世界的财富并没有让西班牙摆脱这种自相矛盾的困境：其力量的巅峰实际上与衰败同步开始。正如隆多·卡梅隆（Rondo Cameron）解释的那般："从西班牙殖民地流入的黄金和白银极大地增加了欧洲金属货币的库存。西班牙政府曾试图禁止金属铸锭的出口，但却无力实施这一禁令。实际上，它甚至不能在自己身上实施，因为西班牙政府自己就向意大利、德国和低地国家出口了大量的黄金和白银，以偿还债务并为无休止的战争提供资金。"此外，从西班牙走私变得很普遍：《堂吉诃德》中的角色之一罗克·吉纳特（Roque

Guinart)正是靠走私西印度贵金属为生。从意大利、德国和荷兰开始，黄金和白银散向欧洲其他地区，引发了著名的"价格革命"，涉及整个欧洲，但这一通货膨胀的过程主要影响了西班牙，出于需要，价格在这个唯一有合法授权接收新世界金属的地方——安达卢西亚的港口——的国家上涨得越来越快。

在《国富论》中，亚当·斯密在提及资本主义的扩张时写道："美洲的发现和从好望角进入东印度群岛是被载于人类历史的两个最重要的事件。"对此我们无须太过认真：这仅是一个经济学家的观点。但无论如何，两大伊比利亚国家的伟绩对现代资本主义的发展起了决定性作用。然而，无论是西班牙还是葡萄牙都未能受益于后者。根据凯恩斯（Keynes）的解释，西班牙的通货膨胀始于1519年，伴随着第一批墨西哥战利品的到来，在随后的七十年（即至1588年，无敌舰队战败的那一年），物价和工资迅速上涨，只是前者始终在后者之上。但从1588年开始，工资就大幅度超过了物价，并且，两者都是欧洲最高。这意味着西班牙积累资本的机会历时非常短暂，并且迥然于法国、英国、荷兰和德国的相应过程。

在西班牙，新的购买力很快就集中在美洲珠宝直接的接受者身上：贵族和统治阶层，他们通过购买奢侈品提升服务成本（凯恩斯称之为收入膨胀），而非资本积累（凯恩斯称之为利润膨胀）。但是在欧洲其他地区，新的购买力是通过私人贸易被疏导，那些以低价购买的金属通过贸易完成高成本转售。

在十七世纪，以这种方式，北欧处于完全的资本积累期。而西班牙是美洲珠宝一个纯粹的中介，因缺少现代资本家，它被迫以高成本在国外购买制成品，并以低价出售原材料，进入了通过一个简单的数据就足以说明的经济衰败期：在1629年，根据当时一位西班牙经济学家阿隆索·德·卡兰萨（Alonso de Carranza）的实证研究，来自美洲矿产百分之七十五的黄金和白银，最终仅落入四个欧洲城市——伦敦、鲁昂、安特卫普和阿姆斯特丹——的商人手中。

1598年，因优柔寡断而被称为"谨慎者"的费利佩二世，在埃斯科里亚尔那黑暗的宫殿、修道院和墓地里死于极度的痛苦和排泄物中。环绕其四周的是这位君主最欣赏的胜于世间一切金银之物的宝物：头骨，长骨，圣人和殉道者那被制成标本的手，荆棘王冠和骷髅地的十字架遗物。

在其身后，他留下的是自我毁灭的意志：保持中世纪帝国静止的有机结构，恢复信仰的统一，并将智性生活捆绑在特伦托宗教会议和宗教裁判所要求的逼仄、被监控的界限中。

在其身后，他留下了将会在费利佩三世统治时期加剧的经济危机。费利佩三世的统治：一个由皇室宠臣——莱尔玛公爵、乌塞达公爵——把持的王国；在瓦伦西亚和阿拉贡驱逐摩尔人，摧毁中产阶级；经济萧条；通货膨胀；货币贬值；用铜币作为流通货币代替金银；破产，盗匪，流浪汉：堂吉诃德、古斯曼·德·阿尔法拉切（*Guzmán de Alfarache*）的西班牙，行乞的王室。

在其身后，他留下了无敌舰队的灾难，这足以证明西班牙在欧洲政治中扮演霸主的无能。西班牙国际实力的下降将在费利佩四世统治期突显。那是一个奥利瓦雷斯伯爵—公爵的王国，在三十年战争中西班牙被击败；签订了1648年《明斯特和约》，承认荷兰联合省共和国独立；签订了1659年比利牛斯山和平协议，丢掉了鲁西永、撒丁岛和佛兰德斯；葡萄牙获得独立，加泰罗尼亚叛乱。

在其身后，他还留下了他自己也继承了的疯狂和疾病的种子，直至以一具活的行尸走肉对此画上了句号："中邪者"卡洛斯，他无能，身有缺陷，头戴流血的鸽子，他的尸检展示出一颗核桃大小的心脏、腐烂的肠子和一个黑色的睾丸。哈布斯堡王朝的最后一场死亡使欧洲陷入西班牙王位继承之战中。

1534年，胡安·路易斯·比维斯（Juan Luis Vives）给鹿特丹的伊拉斯谟写了一封信："我们身处这个极端的时代是艰难的,以至于我无法说哪一种更加危险:言说还是沉默。"多少西班牙人,从那时起,不能重申这位改教的伟大的人文主义者——他从西班牙被流放,财产被没收,家人被宗教裁判所焚烧——的话语!还有更多的西班牙人,就像比维斯逝后一百年的克维多一样,无法痛苦地大喊"我不应保持沉默",并质疑自己和所处的社会:

不该有勇敢精神吗?

总是该抱憾所言吗?

永不该道出所感吗?

在比维斯和克维多之间,特伦托宗教会议(1545—1563)建立起反宗教改革最严厉的监控,西班牙承担起*护教者*的角色,抵抗新教浪潮,抵抗自检,抵抗政治、文学、道德、宗教或种族层面的异端。但是,正如加夫列尔·杰克逊(Gabriel Jackson)所写,"在西班牙自身中,新老基督徒抵抗宗教裁判所精神,并创造了使中世纪多元主义得以继续发展的异端潮流。"让我们回想一下,除了上文提及的罗哈斯和比维斯,路易斯·德·莱昂修士和弗朗西斯科·德·维多利亚(Francisco de Vitoria)也皆为犹太后裔。

西班牙文化的三重遗产曾选择了隐秘和伪装。但是,西班牙艺术和文学的语言、敏感性以及张力将永远被打上其真正文化遗产的多元性标记。

VIII

塞万提斯就如堂吉诃德一般，困囿于两个世界——旧世界和新世界；困囿于两个水域潮流——文艺复兴与反宗教改革。为了避免海难，塞万提斯搭乘了鹿特丹的伊拉斯谟号。但是，这难道不是一艘疯癫之船吗？

伊拉斯谟在西班牙的巨大影响并非偶然。与这位鹿特丹人文主义者同时代的西班牙智识正确地认识到，没有人比德西德里乌斯·伊拉斯谟，最后一个通才（或者他有可能成为），更激烈地试图调和并超越理性和信仰的绝对真理，以及新与旧的绝对理性。

我曾不经意提到塞万提斯是西班牙伊拉斯谟主义者胡安·洛佩斯·德·奥约斯的弟子。但是，塞万提斯是否读过伊拉斯谟，也一直存有争议，因为他在作品中对后者从未提及。依我看，他没有提及伊拉斯谟或许有充分的理由。西班牙的伊拉斯谟主义曾受托莱多大主教丰塞卡（Fonseca），塞维利亚的大主教、宗教法庭庭长曼里克（Manrique）的支持，彼时，正值人们认为罗马基督教可以自我改革。但是，在宗教改革的战争和特伦托宗教会议之后，教会以其先前对伊拉斯谟主义的一时兴起为由为*我的过错*定下基调，同时，对伊拉斯谟的敌对反应没有哪处能比在西班牙更加猛烈。

塞万提斯和伊拉斯谟之间的联系——我认为显而易见——不应在勒班陀独臂人只字未提鹿特丹智者这一容易解释的缺席中寻找，而应在《堂吉诃德》神经中枢里三大伊拉斯谟主题——真理之二元性、表象之幻象和对疯狂的称颂——的在场中找寻。

伊拉斯谟，如塞万提斯一般，反映了文艺复兴典型的二元论：理解能不同于信仰。但真理须从外部表象上谨慎判断："所有人类事物——伊拉斯谟在《愚人颂》中说——都有两面，好比亚西比德所描述的塞利纳斯盒上的人像，他们有两张完全相反的面孔，因此，很多时候，乍一看似乎是死亡的……仔细观察，却拥有生命。"他还补充说："事物的真实只取决于观点。生活中的一切都是如此晦暗，如此多样，如此相悖，以至于我们无法确定任何真相。"

旋即，当伊拉斯谟面带笑意地指出"朱庇特需要伪装成渺小之人以繁衍众多的小朱庇特"时，他给予了自己的论证幽默的转折。如此一来，喜剧精神便为双重真理的异质视野服务。显然，塞万提斯在创作堂吉诃德和桑丘·潘沙人物时选择了这条捷径，于是前者讲的是普世语言，后者则说个人化的语言。骑士相信，随从怀疑，并且一人的表象因另外一人的现实变得多样，晦暗或对立。如若说桑丘是真实的人，他却参与了堂吉诃德的幻想世界。如若说堂吉诃德是虚幻的人，他却并未因此不去介入桑丘纯粹的现实世界。

思想史上最耀眼灼目的悖论之一就是伊拉斯谟在一个热恋"神圣理性"的时代写了一本《愚人颂》。但是，在他的疯狂中自有章法。就好像伊拉斯谟收到了来自理性自身的紧急警告：你不要让我变成另一种绝对，如过去的信仰那般，因为那样我将会失去我的理性之理性。伊拉斯谟的疯狂是一项双重批判的行动：它同时驱赶虚假专制的疯子和坚守中世纪秩序强加的真理的疯子，但也对现代理性投下巨大的怀疑阴影。随后，帕斯卡会写下：

"人类是如此必然的疯狂，以至于一场疯狂过后，不发疯或许就是疯狂。"

帕斯卡对理性螺丝的转动恰恰是伊拉斯谟意欲指出的：如果理性要合理，它则必须以嘲讽的、疯狂的眼光看待自己，这不是与其对立，而是对其批判的完善。如果个体要自我肯定，他必须带着对"我"的嘲讽意识去做，否则就会遭遇唯我主义和傲慢（hybris）的暗礁沉船。

伊拉斯谟的疯狂，位于两种文化的交汇处，使二者的绝对相对化：这是一种批判性的疯狂，它身处信仰核心，但也身处理性核心。伊拉斯谟的疯狂是人类对人类的质疑，是理性对理性的质疑，而不再是对上帝、魔鬼或罪恶质疑。人类被批判的、嘲讽的疯狂相对化，不再受制于**宿命**或**信仰**，但也不会变成**理性**绝对的主人。

那些曾促使伊拉斯谟反思的精神现实，要如何转化为文学？或许哈姆雷特是第一个驻足、思索、怀疑并说出微小而无限的那三个单词的文学人物，它们突然在中世纪之确定的真理和现代性勇敢的新世界之不确定的理性之间打开了鸿沟。那些词语就是："空话，空话，空话……"。如果它们动摇我们并挥矛刺向我们，那是因为它们是一个反思自己存在本质的虚构人物的言语。哈姆雷特知道自己正被书写，被表演，正在舞台上被表演，与此同时，年迈的波洛涅斯则激动地来回走动，出谋划策，表现得就好像戏剧世界是真实世界——

般。话语成为行为，语言成为利剑，波洛涅斯被哈姆雷特的剑——文学之剑——刺穿。空话，空话，空话，哈姆雷特说着，当他说出它们时不带贬义：他坦率地，不带过多幻想地指出文学的存在。但是，是怎样的文学呢？文学难道不是一直都存在吗？堂吉诃德和哈姆雷特是承载新文学的证人，该文学已不再是对神性语言的透明解读，但也不能成为反映一种如过去神圣的或社会的秩序那般一致和不容置疑的人类秩序的符号。

在1605年这同一年中诞生《堂吉诃德》《李尔王》和《麦克白》并非偶然。同时出现了两个老疯子和一个年轻的凶手，以其想象力的谵妄填补了世间两个时代间的过渡场景。更甚之，《麦克白》是问询的戏剧也不属偶然，从女巫们自问：

"我们三人何时再见？"

直到麦克白准备在诘问中死亡：

"我为什么要……死在我自己的剑下？"

其间还讨论了犯罪的核心问题：首先，

"我面前所见是一把匕首吗？"

随即：

"伟大的尼普顿的所有海洋会洗净我手上的鲜血吗？"

在问号中，世界崩塌，那个*明天*、又一个*明天*、又一个*明天*，只是宣告那些讲述一个毫无意义、充斥着谣言和暴怒故事的可怜的白痴作者进入到暗流涌动的那个伟大的宇宙戏剧之中。

同样，《李尔王》中的伟大隐喻总是衍出自一个动荡的宇宙也非偶然。在这一宇宙中，交食，星体，出于天意的无知行为、缘于行星影响的谎言和天体对我们性情的掌控，与那些错位的、动荡的、暴风雨般的世间元素的景象混在一起：火与雨、雾与雷的戏剧，但在其中，非理性元素比理性的存在令人少些不快。在戏剧中心，一个被遗弃的老人，受缚于一个炽热的圆环，他无法学到比他所知更多的知识，好似一个孤独抽噎的自然，他是激情的受害者，就好比宇宙被其自己释放的、没有节制且不可理喻之力量造就。

开场的言词，漂泊的言词，孤儿的言词：我们失去了父亲，但也未寻得自己。整个世界就是一个舞台，自那里说出的言词实际上蕴满了流言和暴怒。言词成为歧义和悖论的载体。"一切皆可能"，马西里奥·斐奇诺如是说。"一切皆可疑"，约翰·多恩（John Donne）这般讲。在这些人文主义的动荡之中，文学表现为一个不透明的区域，在其中哈姆雷特有条理的疯狂与罗宾逊的乐观理性主义兼容并包，塞维利亚唐璜的世俗情色与圣十字若望的天国情欲皆有座席：在文学中，一切皆可能。在中世纪的宇宙中，依据不容出错的同源符号，每个现实表征另一个现实。但是，在哥白尼留与后世——在其守灵夜——的不稳定且容错的世界中，这些中心的准则已然消失了。

万物皆失和谐。就在对人文主义和解放做出肯定的那个拂晓，个体因哥白尼和伽利略的批判、质疑、问询而坠落破碎，也正是这一批判、质疑和问询释放了宇宙沉睡的力量，拓宽了宇宙的范围直至渺小了那个彼时在失控的激情中，在自负的肯定中，在权力的残酷使用中，在对新太阳城的乌托邦梦想中，在年代精密、包罗万象的想象力中，在对一个足以与宇宙新的无声空间对立的新的人类空间的渴望中（无论在对美洲的发现还是在皮耶罗·德拉·弗朗切斯卡的壁画中，这一空间欲望显而易见）舒展自己的个体。无一物应被丢弃，斐奇诺如此断言，人性包含所有/每一个层面，从内心力量的可怕形式到神秘主义者所描述的神圣智慧的层级：无一物是不可思议，无一物是不可能；我们否认的可能只是我们未知的不可能。放荡形骸者和禁欲主义者，唐璜和萨伏那洛拉；恺撒·博尔吉亚和埃尔南·科尔特斯，暴君和冒险家；马洛的浮士德和约翰·福特的乱伦恋人，叛逆的思想和叛逆的肉

体：这些过错不再重建先祖的秩序，而是消耗在骄傲、理性、享乐或权力之自给自足的原则中。但是，这些原则才刚立足就受到批判的质疑，因为后者创建了它们。

IX

一切皆可能。一切皆可疑。仅有一位拉曼恰的乡绅继续拥护确定性的法则。如同反宗教改革中的西班牙，堂吉诃德航行在两个水域间，属于两个世界。对他而言，无所怀疑，一切皆可能：就像在塞万提斯时代被击败的无敌舰队一样，是一种无自知之明的自封守旧。在批评的新世界，堂吉诃德是信仰的骑士。这一信仰来自阅读。这一阅读是一种疯狂。堂吉诃德，如埃斯科里亚尔修道院迷恋尸骨的君主一般，致力于恢复统一确证的世界：既在象征意义上，又身体力行地陷入对文本的唯一阅读，并试图将这种阅读移植到已然变得多样、含混和暧昧的现实中。但因堂吉诃德有如此阅读，他也就拥有了一种身份：游侠骑士，古代英雄。

从先前让他头脑不清的阅读，堂吉诃德进入到了阅读的第二个层面，成为了《堂吉诃德》书中语言世界的言词持有者。他不再是骑士小说的读者，而成为其自身冒险活动的出演者。就像*读书*和*信书*之间没有断裂一般，此刻，其冒险活动的行为和言词之间也没有分离。因为我们读他，而非看他，所以我们永远不会知道这位骑士脑中所想：堂吉诃德或许真的有理？他或许真的发现了曼布里诺神奇的头盔，而其他眼拙和无知者只看到了理发师的铜盆？在言语领域，堂吉诃德自开始就不可战胜。桑丘的经验主义在文学中毫无用处，因为堂吉诃德一失败，就会重建话语，在属于他的话语世界中继续自己的事业。

哈里·莱文（Harry Levin）将《哈姆雷特》中著名的戏中戏场面与《堂吉诃德》中佩德罗师傅（Maese Pedro）的戏台章节做了对比。在莎士比亚的作品中，克劳狄斯国王打断了演出，因为想象开始危险地类似于现实。在塞万提斯的作品中，堂吉诃德对佩德罗师傅的"摩尔人木偶"发起进攻，因为表演的内容开始危险地相似于想象之物。克劳狄斯希望现实——哈姆雷特的父亲被谋杀——是一个谎言。堂吉诃德则希望幻想——摩尔人囚禁了梅丽森德拉公主——是一种真实。

想象与现实的统一将哈姆雷特交付于现实，从现实中自然地将他交付于死亡：哈姆雷特是死亡的使者，他来自死亡，走向死亡。想象与想象的统一将堂吉诃德交付于阅读，他来自阅读，走向阅读：堂吉诃德是阅读的使者。对堂吉诃德而言，交织在其艰巨事业和真相之间的并非现实，现实是那些他从阅读中认识的魔力非凡的人。

我们知道，事实并非如此，有的只是与堂吉诃德的疯狂阅读对峙的现实，然而堂吉诃德不自知，这就创造了第三层阅读。"阁下您看，桑丘不断地说着……，您看那些看似巨人的并不是巨人，而是风车。"但是堂吉诃德不*看*：堂吉诃德只*读*，他的阅读告诉他那些是巨人。

堂吉诃德希望将整个世界都纳入他的阅读中，同时他也相信这种阅读是对一种统一的神圣的典范的阅读：这一典范，自龙塞斯瓦列斯（Roncesvalles）的英雄事迹起，让历史的典范事件与书中的典范事件合为一物。罗兰的牺牲捍卫了骑士的英勇理想和基督教的政治完整性。他的作为应成为骑士小说英雄的理想规范和形式。堂吉诃德自置于这一谱系中。他也认为，在历史的典范伟业与书中的典范行为间不存在缝隙，因为在这两者之上支配着它们的是神圣的典籍，而此神圣的典籍之上，是上帝建构的世界的单义视野。诞生自阅读，堂吉诃德每一次失败都会在阅读中寻找庇护，之后，仍继续看到那其实只是羊群的军队，因为他不会舍弃他的阅读理性：他将忠实于自己的阅读，因为对他而言，没有其他合法的阅读。

当堂吉诃德要求在途中遇见的商人承认杜尔西内娅的美貌，即使后者从未见过她。阅读的同义词——疯狂、真理和生活——在他那里均是一种令人瞩目的确信，因为"重要的是你虽未曾见过，也要相信，承认，起誓并捍卫它"。这个"它"就是信仰之举。堂吉诃德奇妙的冒险活动受驱于一种必须屈从的意图：所读到的和所生活的必须再次重合，不带任何由文艺复兴引入的存在于信仰和理性之间的怀疑和动摇。

但是，接下来的阅读层次开始破坏这种幻想。在第三次出行中，堂吉诃德通过桑丘传递给他卡拉斯科学士的消息中得知了一本名为《拉曼恰奇思异想的绅士堂吉诃德》的书。"书中提到了我，"——桑丘惊讶地说，——"也提到了杜尔西内娅·德·托博索女士，以及其他我们独自经历的事，吓得我都划十字了，写这书的史学家怎么会知道这些。"

独自经历的事，以前，只有上帝能对其知晓；只有上帝才是发生在我们意识角落处事情的知情者和最终的审判者。现在，任何能够支付《堂吉诃德》封面价格的读者都可知晓：

读者如同上帝。此刻，公爵夫妇可以准备其残酷的闹剧，因为他们已经阅读了小说《堂吉诃德》的第一部。

进入小说的第二部，堂吉诃德成为了阿韦利亚内达（Avellaneda）利用塞万提斯著作第一部的成功而撰写的伪作的主题。堂吉诃德独特身份的标志增多。他批评阿韦利亚内达的版本。但是这另一本关于他本人的书的存在迫使他改变路线，去了巴塞罗那，"让这位现代史学家的谎言大白于天下，人们会看到*我不是他所说的那个堂吉诃德*"。

这肯定是文学史上首次一个人物在历经其虚构冒险的同时知道自己在被书写。这个新的阅读层面（在其中，堂吉诃德知道自己被阅读），对于确定后续层面至关重要。堂吉诃德不再依托先前的史诗，而开始依托自己的史诗。但是他的史诗并不是真正的史诗，正是基于此点，塞万提斯发明了现代小说。堂吉诃德，一位读者，自知被阅读，而这是阿玛迪斯·德·高拉从未知晓之事。堂吉诃德也知道自己的命运已经与《堂吉诃德》这本书密不可分，而阿喀琉斯对《伊利亚特》这本书则一无所知。堂吉诃德身上那生发自阅读，在先前史诗的、单义的和明指的阅读壁龛中安全的古英雄般的完整性被废除，不是因为被那些判处苦役的犯人和丑女仆玛丽托耳内斯嘲弄，也不是因为在其想象的城堡实则是客栈，或是在其想象的战场实则是牧场中受到的棍棒之苦。他对史诗阅读的信仰使其能够承受现实的一切殴打。他的完整性被他所屈从其中的那些阅读摧毁。

那些阅读使他成为首个现代英雄,从多角度被审视,被阅读并被迫阅读自己,被阅读他的读者同化,并像他们一样被迫在想象中创造"堂吉诃德"。阅读的双重受害者,堂吉诃德,两次失去了理智:第一次,在他阅读时;第二次,当他被读时。因而,当下,他无须去证明古代英雄的存在,而必须证明自己的存在。

这使我们进入了另一层次的批判性阅读。作为执迷于将史诗移植到现实的史诗读者,堂吉诃德失败了。但是作为被阅读的对象,他开始击败现实,并以疯狂的阅读感染现实:不再是对先前的骑士小说的阅读,而是此刻对《拉曼恰的堂吉诃德》这本书的阅读。这一新的阅读改变了世界,它开始变得越来越像堂吉诃德的世界。为了取笑堂吉诃德,世界以堂吉诃德的执念伪装自己。但是,正如萨尔瓦多·埃里松多(Salvador Elizondo)在其《伪装理论》中所说的那样,没有比伪装成自己更糟糕的伪装。那些在《堂吉诃德》中读过《堂吉诃德》的人所伪装的世界揭露了卸去伪装的世界的现实:残酷,无知,不公正和愚蠢。塞万提斯无须写一个政治宣言来谴责彼时以及所有时代的恶；他无须求助于伊索的语言；他也无须彻底与传统史诗的规则决裂以超越它：他只要将史诗主题与现实对立面相掺和就足以在他书中特有的逻辑、生活以及必要性中获得小说的综合。没有人先于塞万提斯在一本书中构思出这一多维价值的创作。

堂吉诃德，信仰之骑士，他出行，遭遇了一个不再忠实的世界。如堂吉诃德一般，世界也不知道现实身处何处。当多洛苔亚伪装成公主猕虼猕蚣娜，当参孙·卡拉斯科伪装成镜子骑士，当公爵夫妇上演了一出飞马喀拉围赖钮的闹剧，当伤心嬷嬷和其十二个大胡子嬷嬷出现，当桑丘管扒拉塌日轧岛时，堂吉诃德被嘲弄了吗？还是说堂吉诃德嘲弄了所有人，迫使他们伪装成自身，进入堂吉诃德的阅读世界？这是精神分析可讨论的素材。但毋庸置疑的是，疯魔的堂吉诃德最终疯魔了整个世界。当他阅读时，他模仿史诗英雄。而当他被阅读时，世界模仿他。

但他必须付出的代价是丧失自己的疯魔。

回头的浪子，塞万提斯又将我们引入另一个阅读层面。当世界堂吉诃德化时，堂吉诃德，作为阅读的象征，丢失了自我存在的幻象。当他进入公爵夫妇的城堡时，堂吉诃德看到的城堡就是一座城堡，而当他在客栈时，却可以想象自己看到的是一个城堡，现实窃取了他的想象力。在公爵夫妇的世界中，不再需要他想象一个非真实的世界：公爵夫妇在现实中能为他提供。阅读还有意义吗，如果它与现实相符？那么，书有何用？

从此处向前，一切都是悲伤和幻灭，现实之悲伤，理性之幻灭。矛盾之处在于，当堂吉诃德被剥夺信仰之时，恰是其阅读世界在现实世界中被提供之时。公爵夫妇的城堡这决定性的一步，让塞万提斯在其阅读的批评领域扎下了三支长矛。他正在告诉我们的一件事是堂吉诃德认为在其阅读与生活之间存在史诗的一致性：一种源于书籍，且完全由堂吉诃德阅读这些书的方式来定义的信仰。当这种思想上的契合保持其至高无上的地位时，堂吉诃德能轻易地与自己世界之外的一切存在共处；而当与他那些单义阅读无法吻合的现实在现实中找到了对应之物时，幻象就坠落成碎片。史诗阅读的连贯被历史事件的不连贯破坏。堂吉诃德必须历经这种历史现实，在他达到塞万提斯提出的最终层面——小说本身：堂吉诃德失去的过去与他消除的现实之间的综合——之前。

被抛入历史的怀抱，历史剥夺了堂吉诃德实现想象活动的所有机会。他碰到罗克·吉纳尔特（Roque Guinart），一位生活在塞万提斯时代货真价实的强盗。吉纳尔特是历史上被记载的人物,是印第安白银的偷盗者,是圣巴托洛缪(Saint Bartholomew)大屠杀夜期间法国胡格诺派教徒的秘密特工。在吉纳尔特及其可触及的历史性身侧,当堂吉诃德作为巴塞罗那的海战的见证者(但不是参与者)时,他就变成了真实事件和真实人物单纯的观众。这位老乡绅,永远地被剥夺了对世界的史诗性阅读,不得不面对其最终选择:存在于现实的悲伤中,或存在于文学——塞万提斯发明的文学,不是从中浮现出堂吉诃德的单义统一的旧文学——的现实中。

幻灭的冒险。出于某种原因,陀思妥耶夫斯基称塞万提斯的这部作品是"所有书中最悲伤的一本",并受其启发,塑造了"好男人",白痴王子,梅什金。小说的结尾,信仰骑士终落得悲郁的身影。正如陀思妥耶夫斯基所指,堂吉诃德饱受对现实主义的怀旧之苦。但是,是哪般现实主义呢?是魔法师们、无瑕的骑士们和异乎寻常硕大的巨人们不可能之冒险的现实主义吗?确实如此:以前,一切所说之言都是真实的……即使充满奇幻。在史诗里所说和所做之间没有裂缝。"对于亚里士多德和中世纪而言,"——奥尔特加·伊·加塞特解释说——"自身不包含矛盾的事物皆是可能。对亚里士多德而言,马人是可能的;而对我们来说是不可能,因为生物学对此无法接受"。这种一致的、没有矛盾的现实主义正是堂吉诃德所怀念的。在他的路途中,新的科学、新的质疑以及所有让这位沉浸唯一阅读的骑士、合法阅读的使者的信仰变得不合时宜的怀疑主义都将遭遇彼此。但,首先,打破这种现实主义的是多样的阅读,是诸多不合法的阅读。

堂吉诃德恢复了理智,对其而言这是最大的疯狂:是自杀;因为现实,就像对哈姆雷特一般,也将他交付死亡。堂吉诃德,得益于塞万提斯发明的阅读的批评,他将经历另一种生活:除了证明自己的存在他已无计可施,并且,他不能在赋予其生命的唯一阅读中自证,而是要在那多重的阅读——被其所怀念的一致的现实剥夺;却在书中,且仅在书中被给予——中自证。

奥克塔维奥·帕斯所言令人难忘:现代小说的冒险可归纳为两大标题:*伟大的愿景*和*破灭的幻象*。《堂吉诃德》是第一部关于幻灭的小说:一个恢复了忧伤理智的奇妙疯子之冒险奇遇。没有任何人,甚至是塔索(Tasso)英勇的嘲讽,流浪汉小说残忍的纪实现实主义,以及在拉伯雷那里作为对抗上苍空虚的欢乐诅咒而被抛出的对人类世界多余能量贪婪的、永不满足的和令人恐惧的肯定,也未先于塞万提斯勾画出关于幻灭和失落的冒险的叙事。

或许出于这个原因,《堂吉诃德》是所有小说中最西班牙的小说。它的诗性本质由遗失、无望、对身份的热切追寻,对本可以却从未存在过的所有事物产生的悲伤意识以及对立于这种"未—拥有"的一种对在想象现实(在其中,所有不可能,正是通过这种事实的否定,寻得最强烈的真实)中的存在之整体的肯定所定义。

因为西班牙的历史(我们或许能加上:西班牙美洲的历史)一直是自己的模样,而其艺术则一直是西班牙历史所否定之物。艺术赋予历史所谋杀之物以生命,艺术给予历史否认、噤声或迫害之物以声音,艺术从历史的谎言之手中拯救真实。

这或许就是陀思妥耶夫斯基——在写下《堂吉诃德》是一本在其中真实被谎言拯救的小说时——所想要表达的。这位俄罗斯作家的深入观察远远超出了一个国家的艺术与历史之间的关系。陀思妥耶夫斯基正在与我们谈论的是实与虚(真实与想象)之间更宽广的关系。塞万提斯的书中有一个令人着迷的时刻:在巴塞罗那,堂吉诃德彻底打破了对现实幻象的羁绊,做了阿喀琉斯、埃涅阿斯或是罗兰从未做过的事情——他参观了一个印刷作坊,进入到将他的事迹变成可被阅读的对象和产品的地方。堂吉诃德被交付于其唯一的现实:

文学的现实。他从那唯一的阅读中走出，抵达了多样的阅读。不论是他所阅读的现实，还是他所生活的现实都并非现实，而是纸上的幽灵。堂吉诃德一经从*他的*阅读中被解救出来，就成了将小说的层面无限多样化的*诸多阅读*的囚徒，堂吉诃德只能从其角色以为的真正现实的中心，孤零零一人，呼喊：相信我！我的功绩是真实的，磨坊是巨人，畜群是军队，客栈是城堡，世间没有哪个姑娘比拉曼恰的皇后（举世无双的杜尔西内娅·德·托博索）更加美丽动人！相信我！

现实听到这些话，可能会笑或会哭。但是现实本身被它们入侵，失去了自己明确的边界，感到被文字和纸张的另一种现实移动、感染。邓斯纳恩城堡或是李尔王与其小丑度过冰冷癫狂之夜的荒原的终点在哪里？蒙特西诺斯的洞穴在哪里结束，现实从哪里开始？对此永远不可能再知晓，因为永远不会再有*唯一的阅读*：塞万提斯超越了他所倚仗的史诗，他让阿玛迪斯·德·高拉与托尔梅斯河上的小癞子对话，在此过程中，他消解了经院哲学严格的规则以及对世界的单义阅读。

塞万提斯——在革新风暴与纹丝不动的马尾藻更替不迭的海洋中的航行者——必须在新旧之间斗争，承受着远比比利牛斯山另一侧作家们强烈的紧张，因为后者无须冒很大的风险，就可以推动与理性、享乐主义、资本主义、对进步的无限信念以及对一种完全朝向未来的历史乐观主义并驾齐驱的诸王国。

譬如，塞万提斯不能以笛福的务实安全面对世界。鲁滨逊·克鲁索，首位资本主义英雄，他是一个白手起家的人，他接受客观现实，并且很快就能让其适应他的需求，通过新教的工作伦理，常识，纪律，技术，如有必要，还有种族主义和帝国主义。

堂吉诃德是鲁滨逊的反面。苦脸骑士在实际情况中的失败，成为文学史上最荣耀的喜剧，也许只能在无声电影里伟大的小丑身上：卓别林，基顿，劳雷尔和哈迪……找到其现代对等物。

鲁滨逊和堂吉诃德是盎格鲁-撒克逊世界与西班牙世界的对立象征。

阿梅里科·卡斯特罗在《西班牙与其历史》一书中称西班牙历史为"不安定的历史"。法国，通过理性主义和清醒，付出最大的牺牲领会了自己的过去。英格兰通过经验主义和实用主义做到这一点。过往对于法国人或英国人而言不是问题，而对于西班牙人来说，则是一个纯粹的问题，或是单纯的问题。其三重文化，基督教的、穆斯林的和犹太人的文化脉动在西班牙的心脏和脑海中悬而未决地搏动。西班牙人的精神在或兴奋或消极之间剧烈摇摆，但总是依据一个超然的蓝图，分裂或反对非生即死、非短暂即永恒、非荣誉即耻辱的绝对价值观。西班牙一直无力介入由客观世界和主观存在之间的理性联结所定义的欧洲现代价值观。"西班牙的政治和经济效率，"卡斯特罗总结道，"不足，它的科学和技术贡献是相对的；但其艺术能力是绝对的。"

我不知道是否能将西班牙天才的伟大著作与西班牙社会的危机和衰落时期相吻合之事，确立为无法违背的规则。无论如何，当位于安达卢斯的倭马亚家族的辉煌世界被阿里莫拉维德王朝和穆瓦希德王朝的人入侵摧毁之时，《真爱之书》挽救了科尔多瓦哈里发时期的文学影响并将其移植到西班牙语。《塞莱斯蒂娜》是希伯来西班牙的杰作：恰逢对犹太人和改教者的驱逐与迫害之时。

黄金世纪——塞万提斯、洛佩、克维多、贡戈拉、卡尔德隆——盛放，伴随着西班牙国力的凋零。委拉斯开兹是费利佩四世没落宫廷的画家，戈雅是盲目的、卖国的波旁王朝卡洛斯四世和费尔南多七世的同代画家，波拿巴取走了他们的王冠，反叛的克里奥约人从他们手中夺去了殖民地。在一个特别荒凉的十九世纪——萨米恩多，以典型的弑亲的快意〔作为合格的西语美洲人，我不认为自己能从中独善其身，如果忘记了（后面的部分我就在这省略了）〕在1864年描述道，"没有作者，没有作家，没有贤哲，没有经济学家，没有政治家，没有历史学家，也没任何有所值得的东西"——之后，只是在与美国的战争中因帝国土地的丢失而创伤般地造成了连锁反应："九八一代"，乌纳穆诺（Unamuno），巴列-因克兰（Valle-Inclán），拉蒙·卡哈尔（Ramón y Cajal），马查多（Machado），奥尔特加（Ortega），纪廉（Guillén），加西亚·洛尔卡（García Lorca），布努埃尔（Buñuel），阿尔贝蒂（Alberti），塞尔努达（Cernuda），普拉多斯（Prados）。这些灿烂的文化介入被法西斯独裁统治残酷地打断了。在接下来的西班牙，从法西斯主义的压迫、压制和镇压中会生出什么？我不敢预言。我更愿意，眨眨眼，仅引用一位开明的自由主义者，值得啰唆一提，著名的卡萨诺瓦（Casanova）的话："哦，西班牙人……谁会让你们从昏睡中清醒？今天的人民悲惨而值得同情……你需要什么？一场强大的革命，一场彻底的动荡，一次可怕的交锋，一次重获新生的征服，因为你的懈怠不是可以通过简单的文明手段就能摧毁的；必要付出火的代价以烧灼腐蚀你的毒瘤。"

塞万提斯不是某位卡萨诺瓦。他不是从威尼斯宫殿的卧室注视西班牙的生活。不,他的处境更具冲突性,内在化,更加微妙,受制于具体现实以及更为苛刻的文学的、人文的、政治的选择。

X

如此，到了我们必须自问的时刻：塞万提斯试图在现实的中心安放哪些具体的价值观？塞万提斯，文艺复兴和反宗教改革的孤儿？塞万提斯，既非能表现拉法耶特夫人理性的清晰和富有想象力的节制的小说家，也非能表现笛福的实效的小说家？

我们将会在伊拉斯谟—塞万提斯的关系中找到答案。《堂吉诃德》，是对疯狂的称颂——等同于对乌托邦的称颂——的西班牙式延展，它包含了一种爱与正义的道德观。一种道德现实占据了塞万提斯想象力的中心，因为它不能占据塞万提斯所生活的社会中心。

爱与正义。

疯子堂吉诃德，他发疯，不仅因为他尽信自己所读。他发疯，还因为他坚信，作为游侠，维护正义是他的职责，且可能实现。一遍又一遍，他宣称自己的信条："我是拉曼恰英勇的堂吉诃德，是侮辱与无理行为的复仇者。我的职责就是摧毁强势，救助、帮助不幸之人。"

我们知道堂吉诃德从他救助的人那里得到怎样的感激：他被他们嘲笑和殴打。堂吉诃德所帮助的穷人、可怜人和受迫害的人，不想被他拯救。或许，他们想自救。无论如何，塞万提斯不是*仁爱会可亲的修女*，他在民众身上观察到与压迫者类似的残酷行为。隐含的论断是，一个不公正的社会会让其所有成员堕落，无论是强者还是弱者，上流阶层还是下流阶层。（顺便提一句，这种反感伤的清醒点亮了布努埃尔最杰出的电影之一：《被遗忘的人们》。）

尽管堂吉诃德作为受侮辱之人的复仇者经常遭罪，但他从未对坚守正义的理想泄气。他是一位西班牙英雄：超然的宏图不会因平庸日常的各种意外受到伤害。堂吉诃德对正义的寻找依托于怎样的思想上呢？**黄金时代**的乌托邦。

黄金时代是文艺复兴时期常见的主题。但亦可说它无甚特别，因其本质上就是伊拉斯谟的主题。让我们回想一下，《愚人颂》是献给托马斯·莫尔的，用来表示疯狂的拉丁词是莫里亚（Moria）。对疯狂的称颂就是对莫尔的赞美：是对乌托邦的称颂。乌托邦拥有一个地方：**新世界**。莫尔放弃了他想象中的**乌托邦**，只为向欧洲宣告其存在的消息。"如果您和我一起去过**乌托邦**"——圣徒在他的经典著作中说——"看到他们的法律和政府，像我一样，在我与他们相处的五年中，我感到如此的高兴以至于永远都不会抛下他们，如若不是为了让欧洲人发现这样一个新世界的话。"

但是，这个**乌托邦**真实存在，并由阿梅里科·韦斯普奇进行了详细描述："这里的人们根据自然法则生活。他们没有财产，一切皆共有。他们的生活中没有国王，也没有任何特权阶层，每个人都是自己的主人。"

对**新世界**的征服被视为一部史诗。斗争的两股力量化身蒙特祖玛与科尔特斯。这位阿兹特克皇帝受宿命统治，这位西班牙征服者则被意志主宰。归根结底，双方都无理可言，无论是胜利者还是失败者，都将被王室和教会、权力和信仰征服。美洲的第三种可能性是乌托邦，建立一个和谐的人类社会。它被阿兹特克神权政治的压迫性宿命排除在外，同样也被天主教君主及其继任者对马基雅维利式的权力崇拜排除在外：乌托邦意味着民众的价值高于权力的价值。许多人文主义修道士带着莫尔和康帕内拉（Campanella）的作品前往

新世界。在米却肯州,巴斯克·德·基罗加试图卓有成效地重现《太阳城》的理想社会。在**新世界**乌托邦曾经可能,但也历时短暂。不管怎样,让我们比较一下巴斯克老爹和堂吉诃德的话。

基罗加在米却肯州中写道:"因为不是无缘由,而是有很多理由和原因,此处的世界被称作**新世界**,它就是**新世界**,并非因它重新被发现,而是因为它的一切人和事都像那个春天的年代,黄金年代,它因我们民族的邪恶和贪婪,终是变成糟糕的生铁年代。"

某个夜晚,堂吉诃德以同样的方式对一群牧羊人说道:"幸福的年代和那些幸福的世纪,古人冠以'黄金'之名,不是因为黄金(在我们这个黑铁时代,它被如此地看重)在那个幸福的时代能够被轻而易举地获得,而是因为生活在那时的人不知晓'你的'和'我的'这两个词。在那个神圣的年代一切都是共有的……。那时处处皆是和平、友谊、和谐……。那时直达心灵的爱意表达是直抒胸臆……。欺诈、欺骗、心怀叵测还未与真实和质朴交织难辨。那时正义就是它的本意,恩惠和利益都不敢扰乱或冒犯它,而现在它们对其践踏、侵扰和迫害。"

上述任何的美好,堂吉诃德总结说,在"我们这些可憎的世纪"中都不存在,因此,他变身游侠,为了"保卫少女,庇佑寡妇并救助孤儿和贫苦之人"。堂吉诃德的正义概念是爱的概念。通过爱,堂吉诃德的抽象正义获得了具象的丰满。

不断将现实与想象混为一谈,堂吉诃德作为疯子的有力形象,使许多读者和评论家忘却了本书中我认为具有本质性的一个片段。在小说第一部的第二十五章,堂吉诃德决定在莫雷纳山脉的岩石之间只着内衣忏悔。他要求桑丘前去托博索村,向其念念不忘的杜尔西内娅夫人通告他这位让她获得荣耀的骑士那些伟大的事迹和磨难。由于桑丘在托博索村穷苦的居民中并不认识任何一位名叫杜尔西内娅的高贵至极的女士,因此他不断询问。就在这非凡的一刻,堂吉诃德透露了他所知的真相:杜尔西内娅,他说道,不是别人,就是阿尔东萨·洛伦索,当地一个年轻的村姑。她是"世界女皇",是桑丘应该寻找的女人。如此袒露激起了油滑侍从的大笑。他非常了解阿尔东萨,她是个"不错的姑娘,长得结结实实,有股男人气",她身材结实,嗓门大到半里之外都能听见。她全然没有造作之态,因为她很实在,粗鄙,跟谁都能开玩笑,对什么都能做鬼脸,说俏皮话。

堂吉诃德的回应是从未被写下的最动人的爱情宣言之一。他知道杜尔西内娅是谁,是做什么的。但是,他爱她,因为爱她，堂吉诃德说，她比"天下最高贵的公主"更珍贵。他承认是自己的想象力将手拿耙子的阿尔东萨变成了贵妇杜尔西内娅。但这不就是爱的品质，它能够将爱人转变成无与伦比的、唯一的、可置于对财富或贫穷、出众或庸俗的考量之上的事物吗？"因此——堂吉诃德说道——我认为并相信阿尔东萨·洛伦索的优点是美丽、诚实就足矣，至于出身门第，无关紧要……，我想象我所说的一切就是如此，既不多也不少，我在想象中按照我希望的模样刻画她……。别人爱说什么随他们去。"

《堂吉诃德》中的社会、道德和政治内涵在爱与正义的这一聚合中显而易见。**黄金时代**之神话是其理想中心：一个博爱、平等和欢愉的乌托邦。**乌托邦**必须实现，不是在每次都迫使我们从头开始的虚无主义的风暴中，而是在来自过去的价值观与我们现下能够创造的价值观的融合中。堂吉诃德坚信，在当下正义缺席的时代，只有爱才能让其现身，堂吉诃德对我们谈及的爱，是一种民主行为，它超越了阶级差别，体现在最卑微的村姑身上。但这种爱，在堂吉诃德的视野中，它必须被赋予永恒和古老的骑士价值观，以及在寻求正义、全整和英雄主义时要承担的个人风险。在《堂吉诃德》中，骑士时代的价值观通过爱获得了民主的共鸣；民主生活的价值获得了真正贵族的回响。堂吉诃德既拒绝少数群体的残酷权力,也排斥多数群体人云亦云的无能。其人性的视野不是基于最低的标准,而是基于最大的卓越,基于最大可能的获得对能将压迫者和受迫者从让二者皆堕落的压迫中拯救出来的爱和正义的价值。中世纪的有机体论和文艺复兴的个人主义被塞万提斯融合在对祛异化的整体的渴望中,通过举出这一视角的特性,(尽管我要为自己时序倒错的过错致歉),在我看来,它与卡莱尔·科西克(Karel Kosic)解释的辩证法概念相去并不甚远,虽或仅类似于它:"形成整体和形成统一体的过程、矛盾的统一体及其生成,都隶属于辩证的整体。唯有通过当事方之间的相互作用才能构成整体。"[①]

借助这样一种态度,塞万提斯试图弥合新旧世界之间的鸿沟。如果说他对阅读的批评是对中世纪的僵化和压迫性的否定的话,那么它同时也是对被人类征服的古老价值观的肯定,它们不应在向现代世界的过渡中被丢弃。如果说《堂吉诃德》从多元化的视角肯定现代价值观,那同时塞万提斯也未屈从于现代性。正是在这一点上,塞万提斯的文学和道德价值观融为一体。如果现实已变得多义,那么文学对它的反

[①] 科西克:《具体的辩证法》,傅小平译,社会科学文献出版社1989年版,第29页。

映就仅体现在文学迫使现实本身屈从发散的阅读，屈从于来自可变化视角的不同视野。恰是以现实的多元性为名，文学创造现实，补充现实，不再是不可动摇的或先验的真理所对应的语言。作为纸上的新现实，文学诉说世间万物，但它自身也是世间的一个新事物。

塞万提斯好像预见到了自然主义的所有不良行为，他摧毁了小说中人物对现实的幻象，但是他为其小说人物强加了一个更加强大、更难以承受的现实：所有层面的阅读批评。堂吉诃德的道德阅读不是自上由作者强加于他的，而是在诸多读者的多样阅读的筛板间进行流动，这些读者正在阅读一部对自己的艺术和道德意图做出批评的作品。一旦将对创作的批评植根于创作之中，塞万提斯就建构起了现代想象力：诗歌、绘画和音乐随后将宣告拥有自身存在的权利，不再是通过再现，为现实提供糟糕服务的其顺从的模仿者，因为艺术将无法反映更多的现实，如果它不能创造另一个现实。通过一位纸上人物，塞万提斯将去中心化宇宙的诸多伟大主题和胜利的，但也是惊慌、无所依的个人主义的主题，转移到了文学的平面图，作为一种新现实的轴心：不再有悲剧或史诗，因为不再有可恢复的先祖秩序或在其规则中存在的唯一宇宙，有的将是检验多重现实的多层面的阅读。

XI

　　事实证明，那个癞子，被判服划船苦役、流放的犯人，假的杂耍艺人希内斯·德·帕萨蒙特（Ginés de Pasamonte），外号希内西略·德·帕拉皮利亚（Ginesillo de Parapilla），别名佩德罗师傅，正在写一本关于自己生活的书，这本书写完了吗？堂吉诃德问道。希内斯回答他：怎么能写完呢，如果我的生命还没到头？

　　这是塞万提斯的最后一个问题：谁写书，谁看书？堂吉诃德的作者是谁？某个塞万提斯？比起擅长诗句，他更精通磨难，他的《伽拉苔亚》被仔细检查堂吉诃德藏书的牧师读过。还是某个萨维德拉？被战俘提及时充满钦佩，因他的行事以及为获得自由所做的一切。

塞万提斯和堂吉诃德都被小说《堂吉诃德》中的人物阅读，这本小说没有作者的出处，几乎没有命运，一出生就临终，被阿拉伯历史学家西德·哈梅特·贝嫩赫里（Cide Hamete Benengeli）的纸张复活，被一位匿名的摩尔人翻译者将其译成西班牙语，并将成为阿韦利亚内达伪撰版本的对象……阅读圈重启：塞万提斯，博尔赫斯的作者；博尔赫斯，皮埃尔·梅纳德的作者；皮埃尔·梅纳德，堂吉诃德的作者。

塞万提斯打开了一本在其中读者知道自己被读、作者知道自己被写的书，据说他与威廉·莎士比亚在同一个日期（而非同一天）逝去。爱德华多·利萨尔德（Eduardo Lizalde）昨天告诉我，奥古斯托·蒙特罗索（Augusto Monterroso）坚称他们是同一个人物，塞万提斯的牢狱之灾、债务和战役都是杜撰，只为能让其扮作莎士比亚，在英格兰撰写戏剧。与此同时，戏剧演员莎士比亚，千面男人，伊丽莎白女王的朗·钱尼（Lon Chaney），在西班牙写下《堂吉诃德》。实际死亡时间与杜撰出的同时死亡的日期之间的误差使得塞万提斯的幽灵能及时赶往伦敦，于莎士比亚的身体中再次死亡。我不知道他们是不是同一个人，只是无论是1615年还是今天，英格兰和西班牙的日历都从未重合过。

但我确信，依据时间的随心所欲，荷马、维吉尔、但丁、塞万提斯、西德·哈梅特·贝嫩赫里、莎士比亚、斯特恩、歌德、坡、巴尔扎克、刘易斯·卡洛尔（Lewis Carroll）、普鲁斯特、卡夫卡、博尔赫斯、皮埃尔·梅纳德、乔伊斯是同一位作者，是所有书的同一个作家，是一位漂泊不定、号称能讲多种语言的杂家。他是那本——如希内斯·德·帕萨蒙特的自传一样——已然打开、未竟之书的作者。换言之，马拉美会说出与帕拉皮利亚的恶棍相同的话："一本书既未开始也未结束；至多，它就是假装……"。乔伊斯是一位文艺复兴时期的小说家，漫步意大利的广场，与尼古拉斯·德·库萨、乔尔丹诺·布鲁诺、焦万尼·巴蒂斯达·维柯亲密交谈。此外，西方第一位行吟诗人荷马，和最后一位，詹姆斯·乔伊斯，是同一个盲人。他们写了同一本开放的书：所有人的书，每个人的书。

此即人人（Here Comes Everybody!）!《芬尼根的守灵夜》的原始名称本身就是关于一本开放之书的提纲，关于共同写作的纲领。乔伊斯保留"此即人人"作为 H.C.E.（其人物，善变的做梦人 H.C. 壹耳微蚵的名字首字母）的含义之一。在为受欢迎的英雄蒂姆·芬尼根——看上去是从梯子上掉落摔死的，之后在自己的守灵夜，当悼念者/庆祝者向他喷洒上好的爱尔兰威士忌时，他从道德的梦境中复活——举行的喧嚣葬礼的漫长夜晚中,壹耳微蚵梦到了什么?他梦到了什么?他梦到一切。他之所梦是一种全整的写作。

塞万提斯和乔伊斯是两个至高的典范,通过他们,现代小说在其两端完整其意图并认出自己。他们的言词虽然相隔三个世纪,但却是小说的*开篇词*,即阿尔法/欧米伽和欧米伽/阿尔法。在塞万提斯和乔伊斯那里,语言孕育的冲突,即革新与源自先前形式的贡献之间的斗争尤为尖锐。在二者处,与自身斗争的社会之史诗也是与自身斗争的语言之反史诗;在他们看来,语言的终点是其源头,而语言的源头是其终点。这些开启和闭合了从十七世纪到今天的小说之环的作品的开篇词超越了冲突,因为它们在其书页中安放了对创作的批评。正如我们所见,在《堂吉诃德》中,这种创作中的批评是对阅读的批评。在《尤利西斯》和《芬尼根的守灵夜》中,则是一种对写作的批评。

从对所读之物的批评到对所写之物的批评:从塞万提斯到乔伊斯,他们是自己著作的受害者和刽子手,二者骑跨在一个垂死的秩序和一个新生的冒险之间。他们都受教于反宗教改革的文化,也因此承载了幸运的矛盾,正是这些矛盾阻止了他们成为在对爱其抗争之物的成果卓著的踌躇中挣扎的某个笛福、萨克雷或高尔斯华绥。两人都出现自远离中心的国家，出现自因反思自身存在而被吞噬、不能入眠的国家：西班牙和爱尔兰，伊斯巴尼亚和希伯尼亚（Hispania y Hesperia①），同根同源，双星之地，金星、长庚星，黄昏的第一缕光和黎明的最后一缕光，金星，镜—星，是自身的孪生，照耀着黄昏之地：西班牙和爱尔兰民族，既是永恒不眠之地，也是守候之所。

塞万提斯揭开中世纪史诗的面具，为它打上批判性阅读的印记。乔伊斯则揭下了从奥德修斯到维多利亚女王整个西方史诗的面具，并用批判性写作的伤口加以标记。但是，塞万提斯和乔伊斯都必须利用先前的秩序——塞万提斯处的骑士小说，乔伊斯处荷马史诗的古典世界和中世纪的经院哲学的世界——以在其中支撑他们作品的革命性素材。二者穿过批判时代之前的确定边界，或许，（他们没说）他们对其抱有思念之情；然而他们都拒绝垂死的秩序或新生的秩序向他们提议的那有条件的或是即时的批评，而只关注作为阅读和作为写作的文学创作的批评。他们的批评首先是对印刷的语言世界——对塞万提斯而言是一种相对的新颖，对乔伊斯而言是一个陈旧的手稿——的批评。对中世纪秩序之所有根基的

---

① 依据上下文，此处应为 Hibernia，罗马人对爱尔兰的称呼，与 Hispania（罗马人对西班牙的称呼）相呼应。

批判从骑士史诗天真的、戏谑的门缝中悄然潜入；在乔伊斯的悲喜剧《奥德赛》和欢庆大会之上，勾勒出后文艺复兴世界历史中所有如此重要并恒久的光华。从这种对阅读和书写的关注中诞生了一种比塞万提斯和乔伊斯瞬时地、同时地埋葬和宣告的两个世界的任何宣言都更具腐蚀性、更具撕裂性的批评。

《吉诃德的守灵夜》或《爱尔兰奇思异想的绅士堂芬尼根》：乔伊斯"wake"的两个参与者。一个集葬礼和复活于一身的单词获得了文艺复兴时期某些壁画那种可怕的扩张：wake，葬礼，狂欢节，丧葬节庆，为死者守灵以及从噩梦中唤醒，漆黑的夜晚和耀眼的黎明，始与终，子宫与坟墓——文化的子宫和坟墓——的语言联系。塞万提斯和乔伊斯的书带着绝望的信念为我们提供了人类的语言堡垒，以此告诉我们：如果一切注定死亡，那就让我们不放弃仍可以属于我们的唯一事物去赴死，因为那是唯一属于每个人的东西，语言；如果一切都必须重生，那么我们将带着被埋葬的、被复活的、被拯救的、被革新的和被对抗的语言重新生活以向它们回馈、宣告，或是寻得一种意义，在其之上，再一次或最后一次建立存在的机会。

奥克塔维奥·帕斯比任何人都说得好：你要将它们转过

来，从尾巴上拿起，鞭打它们，给它们充气，刺穿它们，吸干它们的血和骨髓，干燥它们，修剪它们，踩踏它们，煺去它们的羽毛，将它们开膛，拖拽它们，制作它们，诗人，你要让所有言词被吞下。阅读成疯，堂吉诃德除了吞咽所有言词还能做什么？写作成痴，乔伊斯除了让它们转过身，抓住它们的尾巴，将它们开膛、去除它们的羽毛还能如何？

山姆和肖恩，芬尼根的爱尔兰传奇中变形的儿子们，讲话并想象他们是树和石头。但他们不是——还不是——树和石头，因为他们能讲话，也因为讲话，堂吉诃德和桑丘不是理想和现实，不是精神和物质，而恰恰就是堂吉诃德与桑丘，语言的创造物，行为的名称，动词的名称；如果没有语言，他们将消失在蒙铁尔小镇，在象征性抽象的意义上，其真实性不及任何称为"血腥之源的蛇纹石"的巨人。

XII

在塞万提斯和乔伊斯之间，小说——最初与由不容置疑的标志所定义的中世纪秩序的规则进行抗争——要与现代秩序及其固有的、值得讨论的关于生产、乐观主义、进步以及个体通过能力和成功获得拯救的规则开展第二轮战斗。只要想想萨德、贝克福德、艾米莉·勃朗特、福楼拜、梅尔维尔、陀思妥耶夫斯基、普鲁斯特和劳伦斯的名字，就足以唤起小说与现代社会之间关系的本质：这是一个离异的故事，确实如此，但也是同居的故事，一对彼此厌恶却同榻的伴侣。后文艺复兴的社会不能像中世纪那样强加不容置疑的准则，也不能像古典希腊那样回到理想的且因古老而无法触及的源头：现代性在不牺牲作为其合法性的批判精神的前提下无法相信不变的规则。它缺少先祖的过去：今日出生的拿破仑和拉斯蒂涅（Rastignac），拥有的徽章仅是个人才能、自私和野心。简·奥斯汀试图为中产阶级制定通用的行为准则，希思克利夫（Heathcliff）和凯茜（Cathy）疯狂的爱，阿贾布（Ajab）上尉在狂热追捕白鲸一事上的骄傲疯狂，卡拉马佐夫家族天使又恶魔般的激情，却将其打破。或许只有司汤达和巴尔扎克才能在感性和效能之间达到资产阶级完美的平衡。马塞尔·普鲁斯特很快就会思量于连·索雷尔（Julien Sorel）和吕西安·德·吕邦泼雷（Lucien de Rubempré）世界的废墟。现身于*现代世界*含混的洗礼中，小说决定无论如何不错过这同一个世界的追悼会。在那漫长的守灵中，在那《守灵夜》中，文学知道自己犯有杀妻罪。

城市，现代特洛伊，流干血液，面目全非地崩塌了。艾略特唱着安魂曲"虚幻的城市，在冬日黎明褐色的薄雾下"。叶芝预言了耶稣的第二次诞生，一个新的千年。但是经过二十个世纪岩石般的沉睡，我们之苏醒或许只是要进入由冷酷野兽的化身完成的血腥救赎的噩梦，一旦它感到自己的时辰到来，就爬向伯利恒、爬向格尔尼卡、爬向达豪和广岛。从荒漠的沙子中冒头，狮身人首，目光空洞残酷如太阳，叶芝的野兽将主导现代历史名城的恐怖："一切瓦解，中心不再抵抗；浅薄的无政府状态入侵世界；朦胧的血潮高涨，天真的仪式被扼杀在各处。"城市，文明的府邸和标志，已然倒塌，它被历史的噩梦击败。城市流放或谋杀了其公民；城市丧失了它的语言。

写作的意义枯竭，如同在两次世界大战——乔伊斯文学活动的历史战壕——中被抽干血液而枯竭的社会。然而，这一社会却试图拥有唯一的、理性的、文体的、现实的、个人主义的写作：其中的词语具有一种固有的意义，如鲁德亚德·吉卜林和《伦敦时报》所给出的，如字典所定义的，字典也正是为此而存在。但是乔伊斯并不满意词典所为；他拿起西方全部的话语，阅读却不解：因为一个与自身斗争的社会之史诗的时间、方式和冒险已磨损了所有的词语，磨损了每一个词语；写作之地散布着腐败的尸体，散播着语义稀薄甚至语义消失的硬币，语言的骸骨被惯常的阳光漂白；西方写作的墙壁上秘密刻着雅克·德里达称作的"白色神话"：一种隐形的写作，使用白色的墨水，属于白人，被历史冲淡了。

破译"白色神话"，重写西方的真实话语，包括其所有的疤痕，涂鸦，唾液，戏仿，句法错误，字谜，回文，烦冗，拟声词，拟人，污秽，裂开的伤口，刀和笔的痕迹：这就是乔伊斯背负的巨大使命——验证写作，就像堂吉诃德想要验证阅读一般。如同堂吉诃德下到蒙特西诺斯（Montesinos）洞穴想要听见遗失的**黄金时代**的最初话语，乔伊斯"第一百万次"出发，"为在我的灵魂作坊里锻造我种族未被创造出的良知"。此处的种族是一种文化种族：那个异教和基督教的西方，还有其自由流浪的三重情节——古典期的神话过失、中世纪的异端和现代历史。无一物能置身这一写作宏图之外，因为人类的每一个字，无论看上去多么平庸、腐败或微不足道，都在它枯竭的外表和稀薄的音节中包含着更新的种子，以及古老的、原初的、创建性记忆的回声。没有可浪费之物：乔伊斯为一种语言的全整，为所有语言的全整打开了大门。有效的语言。无须选择。

但是，正如塞万提斯依托史诗的明指性来建立他对单一阅读的批判一般，乔伊斯为了塑造其语言的根本隐含性，诉诸有序的三种情节：荷马史诗，中世纪经院哲学，维柯的现代历史进程。这一思想上的*三位一体*在时空的横向与纵向、深度与广度、经度与纬度，以及对角切割的意义上决定了乔伊斯的*多面体*写作，具有多样且强大的标志。西方自认是三重节奏。乔治·杜梅齐尔（Georges Dumézil）已证明，印欧人的宗教结构和关联是三重的。基督教或将不被承认，如果没有三位一体的教义，没有因阿里乌斯教派、诺斯替教派、阿波利拿里派教徒和聂斯脱利教派出现的教义的异端变形。中世纪的千年末日论，特别是修道士华金·德·弗洛拉（Joaquín de Flora）的《永恒福音》，设想了一个分为三个阶段的末世进程，其中最后一个阶段将由基督的死敌主持。罗马的延续被拜占庭和斯拉夫世界看作是一个三重：君士坦丁堡，第二罗马，担心作为"世界之首"被某个第三和莫斯科取代，拜占庭最后的继承人佐伊·帕莱奥洛吉娜一与沙皇伊凡三世联姻，就承担起第三罗马的弥赛亚宿命。"不会再有第四个"，东正教的使徒书跟陀思妥耶夫斯基的小说讲了同样的话。当维柯在《新科学》中建立了历史作为人类知识的创造和对象的现代思想时，他也设想了三个循环的、以螺旋方式发展的历史时期：野蛮时代、英雄时代和古典时代，紧随其后的是新的野蛮时代。孔德、黑格尔和马克思的前进通过三次运动得以实现，甚至阿道夫·希特勒的帝国将成为第三个帝国，并将击败出自法国大革命——当前的历史时间的创始人，如同维柯建立了智性的历史时间——的第三共和国。在塔罗牌中，数字3意味着对堕落冲突的和谐解决之道，是将精神融入二元关系，*是每个已创建世界的公式和生物学合成*：与父母在一起的男人；与妻儿在一起的男人；与其父子在一起的男人：布卢姆、摩莉和斯蒂芬。

如此,《尤利西斯》和《芬尼根的守灵夜》隐藏了一种苏格兰人逻辑中的秩序和动态。乔伊斯将西方意识形态的三切面当作筛板,当作在新的过渡期、新的激情中能够捕捉并完全过滤西方语言的筛板:现代个人主义城市的堕落和其居民的流放,他们不再在宗教、家庭、祖国或自身中认出自己,为此而寻求一切的源头,寻找父亲——肉体上的父亲或语言上的父亲,找寻浪迹的自由:被忒勒马卡斯寻找的浪迹者尤利西斯,在变形的面具下被乔尔丹诺·布鲁诺寻找的无定所的天父,被斯蒂芬·迪达勒斯寻找的父亲,被利奥波德·布卢姆找寻的儿子,以及第三个人摩莉,她通过或丑化或颠倒三位一体中三人固有的爱联结了二者。

语义的竞技场、马戏场和神殿在乔伊斯的书中(预设的有机构思和写作的混乱世界的结合),互相争斗、相互戏仿并互授圣餐:超越史诗,完成对语言源头的摧毁、建构和溯源的三重过程。尼古拉斯·德·库萨和乔尔丹诺·布鲁诺(最初我只是简要地提及了他们的想法)的监护形象,与爱因斯坦、爱森斯坦(Eisenstein)、韦伯恩(Webern)和斯科恩伯格(Schoenberg)当下的在场相混淆。乔伊斯将所有的出场整合在写作中,单词的变形中,音调中心的消除中,作为诸多可能性领域的书页的构建中,以及新的相互因果关系对所有单义且不可逆的言语关系的替代中,能够共存于从一切可能角度被同时看到所有对立面的小说写作中。但是,这些书,这些最终意味着一种对体裁的打破,一种物理—数学科学、电影、造型艺术、音乐、新闻、人类学,尤其是诗歌对小说写作的侵入的批判性写作的根本事实能被称之为小说吗?

在包含所有言语的岩浆和用以赋予其简约形式而被召唤的三重秩序之间,存在着另一种再现的对称的秩序,在其中言词有了短暂的化身:斯蒂芬、摩莉和布卢姆;壹耳微蚵,他的妻子安娜·利维娅·普鲁拉贝尔及其儿子山姆和肖恩——作家和邮差。这些人物说话,他们的言词通过诗意的关联朝着多向的意义敞开,在宽广的螺旋线中展开,即在被维柯表达为乃是历史语言的语言史的"前进和回归"中展开。这些人物,就像戈罗斯蒂萨诗中的水杯,拥有透明的形式,是甫一被说出,流溢出,就成为文字的语言之水短暂的模型。无人知道他会忆起多少,*他一开口会写下多少*:一个说出的词——这个词的幸运——释放出一个词语的,数字的,新的和旧的,潜在的、前兆的或被遗忘的语言群厦。通过拆读,乔伊斯毁了一个单词,从而诞生出另外的或是更多样的词语,它们绝非被拆解之词的残骸。因此,就其定义本身,《芬尼根的守灵夜》是一个山鲁佐德的夜晚,一个维柯圆弧测定器、一个万花筒，或是一个碰撞的万花筒，一台文字变形仪和一个曲折的故事，一座迷宫山谷，一个由尼安德特人为尼安德特人讲述的故事，意识的曙光，用维柯的话讲，"一切都是麻木和凶猛"。正如乔尔丹诺·布鲁诺所愿，那些对立之物即刻统一：黎明与凶残、良知与麻木，一切都浸入河流，河流奔跑，奔流，是语言和生活的旅程：利菲河，生命之河，最终使说话者的"我"无效，将其淹没在写作的繁衍中，将语言的所有权授予所有人，每个人和语言所有的民众。

法国小说家兼评论家海伦·希克斯观察到乔伊斯的写作被置于"我的缺口"，以让主体的威信扫地，也让西方话语的世界失去威信，通过对其触犯，让其有所隐含、使其错位以及篡改其所有的传统隐喻。主体希望成为作者，我，自我；乔伊斯通过激进的写作批评废除了这种期望，将小说变成了由一个人/多个人，由每个人和乔伊斯，由是所有人的乔伊斯和是乔伊斯、是每个人、是所有人，是要回归，但不是返回伊萨基岛，而是回到被加斯顿·巴切拉德称之为"诞生语言的彼岸"的奥德修斯的所有人写的书。在彼岸，我们不知道作家的名字。

荣格在《尤利西斯》中看到的是一本从古老世界的封锁中解放的书，也就是说，不仅是解放自存在至乔伊斯的世界，也解放自乔伊斯所生活的世界。现在我们看到,乔伊斯的写作批评是对个人写作、"我"的写作、唯一写作的批评,就像塞万提斯对阅读的批评是破解唯一阅读、等级制阅读以及史诗的阅读一般。*乔伊斯化*的新颖之处在于,它在语言经济学的整体进程中刻下了"去我化",从其充满悖论和震荡无声的源头到当前喧嚣的生产和消费。如同马克思对物的经济学进行了彻底的批判,乔伊斯对言的经济学进行了彻底的批评。

于乔伊斯而言,这种经济学表现为奢侈和消耗。他奢华挥霍的写作就是对普洛调(Proteo)——那位变形英雄的书写。乔治·巴塔耶注意到交换经济被"炫财冬宴"(potlatch)或馈赠打破,后者创造了一种耗费或是损失的经济,从而终结了之前典型的图腾经济中来自先人之手的财富的稳定性。"炫财冬宴"打破了储存的现状,在其位置上建立起一个反保存的原则:节日和表演,游戏,冗长的葬礼,战争,祭礼,艺术和堕落的性活动。多亏一种错乱的类比,经济以原始的方式类似于大自然,"其资源过剩,死亡于它毫无意义",与此同时,私人的生存总是面临资源匮乏和屈从现状的危险。

节日、表演、哀悼、战斗、庆典、腐化的文学活动对抗所有先前的文化,对抗传统的主体,对抗在外部性和内部性,善与恶,思想与本性,愚蠢的暮光史诗和有着新徽标的曙光史诗之间所做的那些区分：代达罗斯和布卢姆在堕落之城的迷宫中循环的流放，芬尼根无始无终的梦。乔伊斯的写作就是一场"炫财冬宴"，打破了传统的叙事规则，改变了存在于作家和读者之间吝啬的交换规则，改变了"我读你"与"你读我"之间的交换规则。"你读我""你读你""你读我们"，乔伊斯对读者说，我给你提供一场"炫财冬宴"，一种言语的粪便财富，我熔化你的语言金条，将它们抛入海里，我向你挑战，你的馈赠不会优于我对你的馈赠，它是等同于损失的馈赠；我挑战你会根据有待生成的新合法性阅读我／你／我们的文字，挑战你会放弃懒惰的、被动的、线性的阅读，并参与重写你的文化中的所有代码直到让你返回丢失的代码，回到在其中野蛮的词语、源头的词语、初始的词语流通的保留之地。

塞万提斯、乔伊斯和文学的孤独。一位生活在文艺复兴的城市——凤凰之城，另一位则在堕落的城市——秃鹫之城。但是二者都宣告了灰烬语言的终结，火焰语言的开启。他们二位，一位是在阅读批评的层面，另一位是在写作批评的层面，提出创造中的创作批评。他们的作品是展开的诗，以虚构为自身的源头：诗中诗，歌唱诗的诞生。他们知道，世界希望文学成为一切，并成为他物：哲学，政治，科学，道德。为什么有如此要求？巴什拉（Bachelard）自问。因为文学总是与言语之物的起源相关联，由此，哲学、政治、伦理和科学在其中成为可能。

当科学、伦理、政治和哲学发现自己的局限性时，它们就会求助于文学的优雅与不堪，以解决它们的不足。只有与文学一起，它们才能发现词与物之间的永久分裂，语言的表演性功用与语言的存在体验之间的分离。文学是希望缩短这种分离的乌托邦。当它遮蔽起分离时，它唤作史诗。当它展露分离时，它唤作小说和诗：为了让词与物吻合而处在斗争中的苦脸骑士的小说和诗；被物杀死被词复活的年轻艺术家的小说和诗。

但物不能被所有人拥有，而词却可以。词是共有财产的第一个自然的要求。因此，米格尔·德·塞万提斯或詹姆斯·乔伊斯只能在不是其自己，而是所有人——他们是诗人——的情况下拥有言词。诗人诞生自其行为：写诗之后。**诗**创造其作者，就像创造其读者一样。塞万提斯，所有人的阅读。乔伊斯，所有人的写作。

墨西哥.DF，1972 年 7 月；

1975 年 8 月，巴黎。

共同书目

鉴于本书和小说《我们的土地》并行推进，且有共同的关注点，我在此列出的是两部作品的共同书目。

Alfonso X, el Sabio, *El ajedrez de don Alfonso el Sabio*, Juan B. Sánchez Pérez, ed., Madrid, Tipografía La Franco Española, 1929.

———, *El fuero real de España*, Medina del Campo, glosado por A.Díaz de Montalvo, 1544.

———, *Las siete partidas del rey D. Alfonso el Sabio*, cotejadas con varios códices antiguos por la Real Academia de la Historia, París, R. Bouret,1851.

Aguado Bleye, Pedro, *Manual de Historia de España*, Madrid, Espasa Calpe, 1954.

Allendy, René, *Le Symbolisme des Nombres*, París, Chacornac, 1921.

Bettenson, Henry, ed., *Documents of the Christian Church*, Nueva York, Londres, Oxford University Press, 1967.

Blanco White, José María, prólogo de Juan Goytisolo, *Obra inglesa*, Buenos Aires, Formentor, 1972.

Brehicr, Emile, *La philosophie du Moyen Age*, París, Editions Albin Michel, 1971.

Bruno, Giordano, *Opere latine*, Nápoles, Florencia, F. Fiorentino, 1879-1891.

Bertrand, Louis, *Phillipe II a L'Escorial*, París, L'Artisan du livre, 1929.

Bataille, Georges, *La part maudite*, París, Minuit, 1967.

Cabello Lapiedra, Luis Mª, *La batalla de San Quintín*, Madrid, Voluntad. 1927.

Cabrera de Córdoba, Luis, *Historia de Felipe Segundo, Rey de España*, Madrid, Aribau,1876.

Catejón, Agustin de, *Funeral de Reyes*, Madrid, Zúñiga, 1738.

Cameron, Rondo, manuscrito inédito.

Castro, Américo, *El pensamiento de Cervantes*, Madrid, Imprenta de la Librería y Casa Editorial Hernando, 1925.

——, *España en su Historia*, Buenos Aires, Losada, 1948.

——, *La realidad histórica de España*, México, Porrúa, 1973.

Cervantes Saavedra, Miguel de, *El ingenioso hidalgo Don Quijote de la Mancha*, Madrid, Aguilar, 1951.

Cixous, Hélène, « Le discredit du sujet », en Poétique V, París, Seuil, 1970.

Cohn, Norman, *The pursuit of the Millenium*, Londres, Mercury, 1962.

Colingwood, R. G, *The idea of History*, Nueva York, Oxford University Press, 1956.

Cortés, Hernán, *Cartas de relación*, México, Porrúa, 1960.

Cusano, Nicolás, Cardenal, *Opera*, Frankfurt-am-Main, Minerva, 1962.

Danvila y Collado, Manuel, *El poder civil en España*, Madrid, Manuel Tello, 1885.

Derrida, Jacques, « La Mythologie Blanche », en *Poétique V*, París, Seuil, 1970.

Díaz. del Castillo, Bernal, *Historia verdadera de la conquista de la Nueva España*, México, Porrúa, 1955.

Domínguez. Ortiz, Antonio, *El antiguo régimen: los Reyes Católicos y Austrias*, Madrid, Alianza Universidad, 1973.

Dostoyevski, Fedor M., «A lie is Saved by a Lie», en *The Diary of a Writer*, Vol. II, trad. por Boris Brasol, Nueva York, Scribner's, 1949.

Dumas, Alejandro; Goldoni, Carlo; Moliere; Molina, Tirso de; Pushkin, Alexander; Rostand, Edmond; Zorrilla, Jose: *Don Juan en el drama*, Buenos Aires, Futuro, 1944.

Eco, Umberto, *L'Oeuvre Ouverte*, París, Seuil, 1965.

Erasmo, Desiderio, *The praise of Folly*, traducido por Hoyt Hopewell Hudson, Princeton, Princeton University Press, 1947.

Fernández Montaña, José, *Los arquitectos escurialenses*, Madrid, Hijos de Gregorio del Amo, 1924.

Ferrer del Río, Antonio, *Historia del levantamiento de las comunidades de Castilla*, Madrid, Mellado, 1850.

Ficino, Marsilio, *Opera*, Basilea, Ex Officina Henriepetrina, 1576.

Flore, Joachim de, *L'Evangile Eternel*, París, Rieder, 1928.

Foucault, Michel, *Les Mots et les Choses*, París, Gallimard, 1966.

Francastel, Pierre, *Études de sociologie de l'art*, París, Denoel, 1971.

Galilei, Galileo, *Le opere di Galileo Galilei*, Florencia, G. Barberá,

1890-1909.

García de Cortazar, J. A., *La época medieval*, Madrid, Alianza Universidad, 1973.

Garibay K., Ángel María, *Historia de la literatura náhuatl*, México, Porrúa, 1953.

Gibbon, Edward, *The Decline and Fall of the Roman Empire*, Londres, Dent, 1927-1936.

Gilman, Stephen, *The Spain of Fernando de Rojas*, Princeton, Princeton University Press, 1972.

Godoy, Manuel de, *Memorias de Don Manuel de Godoy, Príncipe de la Paz*, Gerona, V. Oliva, 1839-1841, 6 vols.

Hamilton, Earl J., *American Treasure and The Rise of Capitalism*, Londres, The London School of Economics, 1929.

Hardison, O. B., manuscrito inédito.

Ibn Hazm, Ali ibn Ahmad, *El collar de la paloma*, trad. por Emilio García Gómez, Madrid, Sociedad de Estudios y Publicaciones, 1952.

Ímaz, Eugenio, *Topía y Utopía*, México, Fondo de Cultura Económica, 1946.

Jackson, Gabriel, *The Making of Medieval Spain*, Londres, Thames and Hudson, 1972.

Jordan de Asso y del Río, Ignacio, *Instituciones del derecho civil de Castilla*, Madrid, Imp. Real de la Gazeta, 1780.

Joyce, James, *Ulysses*, Nueva York, Modern Library, 1942.

——, *Finnegans Wake*, Londres, Faber y Faber, 1939.

Kamen, Henry, *La Inquisición española*, Barcelona-México, Grijalbo, 1967.

Keynes, John Maynard, *A treatise on Money*, Londres, Macmillan, 1930.

Koenisgberger, Helmut C., *Estates and Revolutions*, Ithaca, Cornell University Press, 1971.

León-Portilla, Miguel, *Visión de los vencidos*, México, UNAM, 1959.

Levin, Harry, *Contexts of Criticism*, Cambridge, Harvard University Press, 1957.

López Portillo y Weber, José, *La conquista de la Nueva Galicia*, México, Lib. Font, 1935.

Lotringer, Sylvere, « Le Roman Impossible », en *Poétique*, París, III, 1970.

López de Gomara, Francisco, *Historia de la Conquista de México*,

México, Robredo, 1943.

McDonell, Ernest W., *The Beguines and Beghards in Medieval Culture*, Nueva York, Octagon, 1969.

Maravall, José Antonio, *Las comunidades de Castilla*, Madrid, Revista de Occidente, 1963.

Marquès-Riviere, Jean, *Histoire des Doctrines Esotériques*, París, Payot, 1971.

Maura, Duque de, *Vida y reinado de Carlos II*, Madrid, Espasa-Calpe, 1942.

Migne, Jacques-Paul, ed., *Encyclopédie théologique, ou Serie de dictionnaires sur toutes les parties de la science religieuse*, París, Chez Péditeur, 1845-1873, 168 vols.

Ortega y Gasset, José, *Obras Completas*, Madrid, Revista de Occidente, 1957.

Paz, Octavio, *El arco y la lira*, México, Fondo de Cultura Económica, 1967.

Petitot, Claude Bernard, *Mémoires Relatifs a l'Histoire de France*, París, Foucault, 1823.

Pla Dalmau, José M., *El Escorial y Herrera*, Gerona-Madrid, Dalmau Carles, Pla, 1952.

Portables Pichel, Amancio, *Maestros mayores, Arquitectos y Aparejadores de El Escorial*, Madrid, Roldán, 1952.

Quevedo, Francisco de, *Obras Completas*, Madrid, Aguilar, 1967, 2 vols.

Rojas, Fernando de, *La Celestina*, Madrid, Consejo Superior de Investigaciones Científicas, 1958.

Ruiz, Juan, Arcipreste de Hita, *Libro de Buen Amor*, Madrid, Espasa Calpe, 1959.

Reeves, Marjorie, *The Infuence of Prophecy in the Later Middle Ages*, Londres, Oxford University Press, 1969.

Sánchez Albornoz, Claudio, *La España musulmana*, Madrid, Espasa Calpe, 1973, 2 vols.

Strauss, Leo, *Persecution and the Art of Writing*, Glencoe, Ilinois, The Free Press, 1952.

Sigüenza, Fray José de, *La fundación del monasterio de El Escorial*, Madrid, Aguilar, 1963.

Seaver, Henry Latimer, *The Great Revolt in Castille*, Nueva York, Octagon Books, 1966.

Sahagún, Bernardino de, *Historia General de las Cosas de Nueva España*, México, Porrúa, 1956.

Segre, Arturo, *Emmanuele Filiberto*, Turín, Paravia, 1928.

Tomás de Aquino, Santo, *Suma contra los gentiles*, Madrid, Editorial Católica, 1967 1968, 2 vols.

——*Suma teológica*, Madrid, Editorial Católica, 1954-1964, 16 vols.

Valbuena Prat, Ángel, ed., *La novela picaresca española*, Madrid, Aguilar, 1966.

Weinstein, Leo, *The Metamorphoses of Don Juan*, Stanford, California, Stanford University Press, 1959.

Yates, Frances A., *The Art of Memory*, Londres, Penguin, 1969.

后 记

作为小说家的卡洛斯·富恩特斯诞生于1954年，那一年，短篇小说集《戴面具的日子》出版。

在此之后，随着一系列小说作品（《最明净的地区》《好良心》《阿尔特米奥·克鲁兹之死》《奥拉》《换皮》《我们的土地》……）的出版，富恩特斯小说家的地位已无可撼动。在小说创作上取得的非凡成就为他在墨西哥国内及国外赢得了相当的声誉，他成为墨西哥国宝级作家，成为拉美"文学爆炸"四大主将之一。小说还为他赢得了颇多重要的奖项，其中包括1987年荣获的西班牙语文学最高奖项塞万提斯奖。当然，对于终是未能成为诺贝尔文学奖获得者这件事情让很多人感到惋惜，一直以来也不乏有人暗自揣测富恩特斯的心情，尤其是在马里奥·巴尔加斯·略萨获得此桂冠之后，私下都认为他应该颇感沮丧。富恩特斯心境几何，只有当事人自知，但作为旁观者，我们看到的是富恩特斯依然保持写作的热情，甚至是在去世的前一天，他还在准备开始一部新小说的写作，他对妻子西尔维亚说："今天我要开始我的新小说。"他在书房的墙上留下一张纸，上面写着新小说的书名

《百年之舞》,落款日期:2012年5月15日。

回顾富恩特斯写作的一生,不难发现,他与小说相互成就。只是于富恩特斯而言,这些还不够,因为"在卡洛斯·富恩特斯身上有很多个富恩特斯,如众多的源泉,集成卡洛斯·富恩特斯文学这条大河,这股巨流"(Jaime Labastida)。需要提醒的是,此处的文学大河绝不是对文学狭义的定义,而是囊括了富恩特斯几十年间海纳百川、包罗万象的写作。小说家卡洛斯·富恩特斯身侧是随笔作家卡洛斯·富恩特斯,戏剧家卡洛斯·富恩特斯,报纸和杂志专栏的时政评论家、犀利的文学批评家和政治分析家卡洛斯·富恩特斯……他们并肩而行,谈笑风生。这所有的他似乎才能是完整的他,但悖论之处又在于,每一个他又都可以代表完整的他,因为每一个他是在与其他的富恩特斯不断地对话中有了身体、思想和灵魂。对此深究,绝不是一篇后记能够厘清的。但或许,我们可以简单聊聊作为文学随笔作家的富恩特斯,借此一窥作为小说家和小说(文学)批评家的富恩特斯之间的关联。

小说不仅仅是富恩特斯文学创作和实践最重要的体裁,也是他始终保持关注、批评和反思的对象。著名的富恩特斯研究学者胡里奥·奥尔特加(Julio Ortega)曾指出:"很少有作家能将我们与小说的本质更加紧密地联系在一起。"显而易见,富恩特斯属于这"很少的作家"之一。在很多时候,大家不得不承认,富恩特斯作为小说家的光环太过夺目,但读过他那些关于小说的随笔之后,也实难否认富恩特斯作为随笔作家的光芒。如果说富恩特斯的小说如白昼阳光炙热耀眼,他的随笔则如夜晚星光温良深邃,铺满想象,点亮思想,让人回味、深思。

1969年,富恩特斯的第一部文学批评随笔集《西班牙语美洲新小说》出版,距离他的第一部长篇小说,也是其成名作《最明净的地区》已过去十一年,距他的代表作、被很多学者看作是"文学爆炸"开篇之作的《阿尔特米奥·克罗斯之死》过去七年。"文学爆炸"在1969年已经进入尾声,此时,"文学爆炸"其他代表作家也已发表了自己最重要的奠基之作,《西班牙语美洲新小说》在此背景之下诞生。富恩特斯作为"局中人",也作为"旁观者",对西班牙语美洲新小说("文学爆炸"作为其中最为重要的一个阶段)展开了一种学术的、极具个人思想风格的建设性批评。这本纤薄的册子在1969至1980年间出版了六次,可见它的重要性。有学者认为,在这本书中,富恩特斯为阅读当代小说提供了新的评判标准,启动了"语言小说"的概念,甚至认为:"没有这本书和路易斯·哈斯的《我们的作家》,拉美小说的爆炸很难保持。"文学批评对文学创作的反哺于此可见一斑。

当然,富恩特斯的文学批评实践肯定是早于1969年的,但这部作品的出版,意味着他建构的文学批评脉络与框架有了某种可见形态,尤其是对西班牙语美洲小说的批评路径有了某种个人化的清晰意识。而所有的这一切最终都以更加成熟的结构展现在1990年出版的《勇敢的新世界——西班牙语美洲小说中的史诗、乌托邦与神话》中,这一次,富恩特斯试图对西语美洲小说，而不仅仅是西语美洲新小说，进行发生学的溯源和梳理。这种对于西语美洲小说发生发展的整体勾勒，并非天马行空式的描述，而是以俄国文学理论家巴赫金、意大利历史学家维科为思想视域进行的阐释。借助外域视角对本土文学进行阐释批评在1969年的《西班牙语美洲新小说》中便有自觉和显示，并非在《勇敢的新世界——西班牙语美洲小说中的史诗、乌托邦与神话》始发和首用。这是否也表明，富恩特斯从一开始就在有意识地通过此种文学批评理念和方式将本土文学纳入世界文学视野中，与外界关联，积极融入，当然，他也始终坚持以本土的历史、文化、语言为底色，从不迷失。2011年，体量更加庞大的文学批评随笔出版，名为《拉丁美洲伟大的小说》。该著作应该说是前两部作品的增补版，《西班牙语美洲新小说》中的部分内容、《勇敢的新世界》中几乎全部的内容都被重新收录其中，比例在五分之三左右。三部作品的书名限定语在变化，但中心词"小说"岿然不动。《拉丁美洲伟大的小说》的封底页印着这样一句话——"这本随笔提出了一种拉丁美洲小说从发现美洲大陆直到我们当下的演变路径。"富恩特斯自己在《后记》中坦言："读者手上的是一本个人的书，它并不是一种伊比利亚美洲小说的'历史'。因为其中缺失一些人名、一些作品。还会有人说其中另一些人名、另一些作品是多余的。"这两种定位看似充满矛盾，实则不然。或许应该这样说，这是一本建立在富恩特斯个人文化背景、阅读经验、文学审美偏好基础上的拉美小说演变历史。通过有选择性地对不同时期拉美小说家开展文学批评，富恩特斯编织了一幅画卷，其中经纬交错，既有时间的经线，又有主题的纬线；既有历史的穿梭感，也有某种稳定的结构性；既体现出了其对拉美文学（更多的是对西语美洲文学）的某种全景式观照，从编年史作者到爆炸后一代、"炸裂"一代。我暂且将这三本书列为一个系列：拉美小说批评"三件套盒"。

富恩特斯的文学批评随笔不仅限于上面的拉美小说"三件套盒"。在《西班牙语美洲新小说》出版的第二年，也就是1970年，文学随笔集《双门之家》出版。书中收录了作家十二年间在不同的期刊和场合陆续发表的文章。与1969年的随笔集不同，这本书中不仅谈及小说，也涉及戏剧和艺术。关注的对象也不仅是西班牙语世界的作家，而是展示出一幅"世界文学"的图景，换一个更加严谨的说法，作者对欧美文学倾注了关心。或许还应该提及一下，这一年，富恩特斯还出版了两部戏剧作品。这种对他国文学的关注也体现在1993年出版的另一部随笔集《小说地理学》中，这本随笔集也是作家不同阶段发表的随笔文论的集合，是作者对十一位作家和作品的评论，其中五位是西语作家：阿根廷作家豪尔赫·路易斯·博尔赫斯、西班牙作家胡安·戈伊蒂索洛、乌拉圭作家奥古斯托·罗亚·巴斯托斯、尼加拉瓜作家塞尔希奥·拉米雷斯、墨西哥作家埃克托尔·阿吉亚尔·卡明，另外六位作家则都是非西语作家，包括大家熟悉的捷克作家米兰·昆德拉、意大利作家伊塔洛·卡尔维诺，以及匈牙利作家哲尔吉·康拉德、英国作家朱利安·巴恩斯、瑞典作家阿瑟·隆德克维斯特和印裔英国作家萨尔曼·鲁西迪。从时间上看,以上所有的作家均是当代作家;从地域上看,确实也"名副其实",呈现出如书名所示的"小说地理"。

如果说上面提到的"三件套盒"随笔集是富恩特斯向内的审视,那么《双门之家》和《小说地理学》则是作家在内审之余视野向外的一种延展和探析。他们之间有着明显的区别,但也有着某种联系。这种联系体现在,在前三本随笔集中,富恩特斯是以外部理论的框架和视野对西语美洲(拉美)小说进行阐释和批评,而在这两本随笔集中,富恩特斯将西语作家和其他国家作家并置在一起,构建出某种意义上的"世界文学"框架,以此种方式彰显西语文学作为世界文学不可或缺的存在性。这五本随笔实际上也都在回应以下两个问题:拉丁美洲是否真的没有小说家?小说已死亡了吗?在富恩特斯这里,答案显而易见。

所有的文学批评都要建立在阅读基础之上,在成为作家之前,富恩特斯早已是一个贪婪的读者。青少年时期的富恩特斯就开始阅读不同国家的文学经典,也正是在不断的阅读中,他意识到自己想要写作。正因为他是一位伟大的读者,所以他比普通读者更加懂得读者在文学写作中的地位,更加关注写作和阅读的关系、作者和读者的关系。在富恩特斯的文学创作中,他也总是试图为读者保留参与其中的位置。在富恩特斯的阅读经验中,《堂吉诃德》应该是他读过最多遍数的作品,他曾说过自己从1944年开始每年都会读一遍《堂吉诃德》,而且每一次读都好像是第一次阅读。对富恩特斯这样一位读者而言，一部常读常新的作品意义非凡，或许正因为如此，在他众多的文学随笔作品中，有一部作品是专属于《堂吉诃德》的：1976年出版的《塞万提斯或阅读的批评》。

《塞万提斯或阅读的批评》这部作品的特别之处有很多，比如它身材苗条，再比如它是唯一一本以单个作家和作品为中心的随笔……但我想，其最特别的一点在于它与1975年出版的长篇小说《我们的土地》构成了一个完整的阅读链。作者在《塞万提斯或阅读的批评》第五章的开头这样写道："在某种意义上，眼前的随笔是我在过去六年中一直专注的小说——《我们的土地》——的一个分支。"富恩特斯以这样一种文学作品与批评上的关联自觉，让读者或主动或被动地去了解并理解他在一部批评作品的写作过程中做出了怎样的基于文学、文化、历史、社会等诸多面向的多维思考，并且又是如何将这些思考渗透到一部虚构作品的写作中，通过想象力让它们在其中发酵、膨胀、爆裂、回落，最终完成某种蜕变。

正如作者自己所言："尽管本书的主题是塞万提斯及其作品，但我并不因此就放弃对特定时期西班牙生活不同方面的体察。作为对西班牙历史界限中的时刻备忘录，这一特定时期，从历史层面看，起于1499年，止于1598年；而从文学层面论之的话，则书写于拾起过往、弥散当下、宣告未来的两个日期——出版《塞莱斯蒂娜》的1499年和诞生《堂吉诃德》的1605年——之间。"阅读《塞万提斯或阅读的批评》，可以看到，富恩特斯对《堂吉诃德》中那些或明朗或隐晦的文学呈现进行了深入的分析和批评，从阅读小说到阅读世界，从阅读的批评到创作的批评，在塞万提斯和《堂吉诃德》这条茎蔓上勾勒出了更多的分叉：有西班牙特定时期历史、文化、宗教、文学的多维图景，有对西班牙与西语美洲之间既有冲突又相融合的历史的深刻反思，更有在塞万提斯和乔伊斯之间跨越时空搭建出的某种隐秘的美学关联。最终，富恩特斯通过更加开放的"文本构筑术"，让文学与历史、哲学、神学、绘画、经济学、语言学交织如网。

也许，"富恩特斯与随笔"本身就是一个研究话题，之所以想要借这篇后记谈及富恩特斯的文学随笔，是因为那个我最先认识的富恩特斯不是小说家富恩特斯，而是随笔作家富恩特斯，确切地说是以随笔的方式开展文学批评的文学批评家富恩特斯。当然，他的随笔还有很多，除了文学随笔，还有与文化、历史、政治更加紧密关联的随笔，或许下次可以再借某篇后记，梳理一下那些非文学的随笔写作。

最后，需要澄清的一点是，我不想借这篇后记作为本书的某种"深入"的导读或是解读，基于富恩特斯自己对于阅读的理解，他更希望的是每一位读者以自己的阅读去无限地丰富作家有限的写作。

2023 年 10 月 12 日
长春